CRIME SEM ROSTO
SINDICATO DE MIAMI

POR

TOMMY HERRERA

DEDICATÓRIA

Dedico este livro aos meus dois filhos Mason e Alex. Como um lembrete de que nada é impossível quando você se concentra, faz pequenos sacrifícios e sempre permanece no curso.

SOBRE O AUTOR

G remando pelas ruas de Chicago até as margens de Miami, minha jornada é uma prova de resiliência e do poder transformador da paternidade. Apesar dos desafios de deixar a educação formal cedo, descobri lições profundas sobre as alegrias e responsabilidades de criar dois filhos notáveis. Minha narrativa não é apenas uma crônica pessoal, mas uma homenagem ao legado de sabedoria dos pais transmitido por minha falecida mãe. Sua voz orientadora continua sendo um farol, iluminando meu caminho e moldando os valores que incutirei em meus meninos. Minha história é uma ilustração vívida de que a educação mais rica da vida geralmente vem de experiências e relacionamentos, não apenas das salas de aula.

CONTENTS

Dedicatória   III

Sobre o Autor   IV

Capítulo 1: A Ascensão De Gabriel Cortez   7

Capítulo 2: Sindicato De Gabriel   26

Capítulo 3: Dançando No Abraço Do Amor   34

Capítulo 4: O Ato De Equilíbrio   50

Capítulo 5: Engano e Exploração   59

Capítulo 6: Desmascarando o Sindicato   74

Capítulo 7: Desvendando a Web   85

Capítulo 8: Uma Aliança Distorcida   93

Capítulo 9: Decepção Desvendada   99

Capítulo 10: Desvendando Fios De Engano   108

Capítulo 11: A Busca e o Planejamento   121

Capítulo 12: Celebrações e Sombras De Gabriel 147

Capítulo 13: Dissolvendo a Escuridão 162

Capítulo 14: Atividades Emaranhadas 172

Capítulo 15: Cruzando As Fronteiras Do Engano 181

Capítulo 16: A Caçada De Cancun 187

Capítulo 17: Encontrando Michael 196

Capítulo 18: Mais Perto Do Que Nunca 207

Capítulo 19: Revelação Do Sindicato De Miami 219

Capítulo 20: Muitos Segredos 233

Capítulo 21: No Cinema 241

Capítulo 1

A ASCENSÃO DE GABRIEL CORTEZ

T As luzes da cidade de Chicago piscavam à distância enquanto a família Cortez percorria as ruas movimentadas. Eles estavam começando um novo capítulo em suas vidas, deixando para trás os confortos familiares da ilha comunista de Cuba para os desafios desconhecidos da cidade, notória por seus políticos corruptos e gângsteres. A mente de Joaquin disparou com uma mistura de excitação e apreensão.

Justina, uma latina de vinte e oito anos de cabelos escuros e estatura baixa, agarrou a mão de Joaquin, seu marido de trinta anos com bigode grosso e barba cheia, com força. Seu pulso acelerou com uma mistura de excitação e apreensão. Seus dois filhos, Gabriel, de seis anos, e Elena, de quatro, olhavam pela janela, com os olhos arregalados para os arranha-céus e letreiros de néon que pareciam se estender para sempre.

"Você tem certeza disso, Joaquin?" Justina perguntou, procurando no rosto do marido por qualquer indício de dúvida.

Joaquin Cortez tinha ouvido as histórias, as lendas de homens que surgiram de origens humildes para se tornarem jogadores poderosos no submundo da cidade. Era um mundo que o fascinava, um mundo onde as regras eram diferentes, onde a força e a astúcia eram as chaves para o sucesso. Ele sempre foi um sobrevivente. Ele sabia como se apressar, como cuidar de si mesmo. Mas as histórias do submundo de Chicago, a maneira como eles impunham respeito e exerciam influência, mexeram com algo dentro dele.

Estabelecendo-se em um bairro predominantemente branco na área de Uptown de Chicago nos anos setenta, a família Cortez rapidamente descobriu que a aceitação não era prontamente estendida a hispânicos como eles. A discriminação e a hostilidade assombravam suas vidas diárias, lançando uma sombra escura sobre suas aspirações de um novo começo. Para Gabriel, a dura realidade de seu novo ambiente promoveu um sentimento de desafio, uma determinação de conquistar seu lugar neste mundo hostil.

Mas Joaquin Cortez, pai de Gabriel, sabia que o caminho que ele estava considerando era perigoso, repleto de riscos e tentações. Ele tinha visto o que a atração das ruas poderia fazer com uma pessoa, como poderia consumi-la, destruí-la. Ainda assim, o fascínio era inegável, a promessa de riqueza, poder e respeito tentadora demais para ser ignorada.

À medida que Gabriel se familiarizava mais com sua vizinhança, ele testemunhou a violência crua que fervilhava sob a superfície. Brigas de gangues eclodiram com frequência alarmante, algumas se desenrolando a poucos passos de seu prédio. O fascínio das gangues latinas ficou mais forte, atraindo-o para o meio deles como um meio de proteção neste ambiente hostil desde a juventude.

Esses anos de formação o moldaram de maneiras que ele ainda está tentando entender. A violência que ele testemunhou e as escolhas que fez deixaram cicatrizes, tanto físicas quanto emocionais. Mas mesmo agora, ele não pode deixar de sentir um senso de lealdade à gangue que uma vez lhe ofereceu proteção e um senso de propósito, por mais distorcido que possa ter sido.

A violência era um pano de fundo constante para sua vida diária como um adolescente crescendo no lado norte de Chicago, no bairro de Uptown. O som de tiros ecoava pelas ruas, fazendo com que todos corressem para se proteger. Gabriel sabia que precisava encontrar uma maneira de sobreviver neste mundo.

Gabriel se envolveu na perigosa teia da vida de gangues Pequenos crimes se tornaram a norma, levando à sua eventual prisão por conduta desordeira, posse de drogas e outras atividades criminosas. A atração irresistível para se encaixar e encontrar um sentimento de pertencimento colocou Gabriel em um caminho perigoso. Abraçar substâncias como maconha, cocaína e a droga predominante da época — tornou-se sua iniciação na cultura de rua corajosa.

Aos 17 anos, Gabriel se viu preso em uma espiral perigosa. A cada dia que passava, ele ficava cada vez mais enredado nas realidades corajosas da vida de gangue. Pequenos crimes e atividades de gangues logo se tornaram a norma para ele.

Um dia, os associados obscuros de seu pai notaram a astúcia de Gabriel. Eles se aproximaram dele, sentindo uma oportunidade. Um traficante de baixo nível se aproximou de Gabriel, oferecendo-lhe a chance de ganhar dinheiro fácil. "Apenas fique quieto sobre o que estou oferecendo a você", sussurrou o homem.

Influenciado pela perspectiva de dinheiro, Gabriel concordou. Logo, ele estava vendendo drogas para os gangues mais velhos do bairro.

À medida que seu negócio crescia, ele ainda era menor de idade, incapaz de entrar nos clubes locais, ele se sentava do lado de fora no estacionamento, vendendo suas drogas para as multidões festeiras.

O dinheiro era bom e deu a Gabriel uma sensação de poder e controle que ele nunca conheceu. Mas à medida que ele se aprofundava no submundo do crime, ele não conseguia se livrar da sensação de que estava perdendo uma parte de si mesmo. A emoção do dinheiro fácil foi gradualmente sendo substituída por uma ansiedade crescente.

As repercussões das escolhas de Gabriel foram profundas, pois ele sucumbiu lentamente à sedução do poder e à tentação de ganhos rápidos e ilícitos, que só serviram para obscurecer as fronteiras entre sua identidade e o fascínio cativante daquele estilo de vida tumultuado.

À medida que seu envolvimento se aprofundava, a fome de Gabriel por controle e riqueza se intensificava. Ele descobriu um talento especial para ganhar dinheiro e explorar as oportunidades apresentadas pelas ruas. O tráfico de drogas tornou-se sua nova tela, onde ele poderia pintar um retrato do perigo e do lucro. A cada transação, Gabriel sentia uma onda de adrenalina, a emoção inebriante de viver a vida no limite. Ele se tornou um participante voluntário do ponto fraco do submundo do crime de Chicago.

Gabriel e sua família começaram a observar o crescente escrutínio e investigação sobre suas atividades no bairro. A polícia o assediou persistentemente, parando-o rotineiramente e realizando buscas minuciosas em seu veículo, caçando armas e drogas. Com a pressão constante, tornou-se evidente que o inevitável encarceramento de

Gabriel surgia no horizonte, chegando mais cedo do que o previsto.

Sem que Gabriel soubesse, seu pai Joaquin e seu tio estavam envolvidos em uma operação de tráfico de drogas em Chicago. Eles faziam parte de uma quadrilha do crime organizado que trazia grandes quantidades de narcóticos para a cidade.

Gabriel se envolveu no estilo de vida de rua e atividades criminosas e foi preso algumas vezes por venda de narcóticos. Ele estava começando a chamar atenção indesejada e calor para toda a operação. As autoridades estavam chegando perigosamente perto de descobrir todo o escopo do empreendimento ilícito da família.

Percebendo o risco crescente, Joaquin Cortez decidiu arrancar a família e mudar todos para Miami. Ele esperava que, ao removê-los de Chicago, eles pudessem evitar qualquer investigação policial ou repressão adicional que pudesse expor os laços profundos de sua família com o tráfico de drogas.

Gabriel Cortez foi mantido no escuro sobre as verdadeiras razões por trás da mudança repentina. Até onde ele sabia, era apenas mais uma das decisões impulsivas de seu pai, sem perceber a gravidade da situação da qual estavam fugindo.

Mal suspeitava Gabriel que suas ações nas ruas estavam inadvertidamente colocando em risco Joaquin Cortez e o império criminoso de seu tio.

A mudança da família para Miami foi uma tentativa desesperada de fugir das consequências de seus negócios obscuros em Chicago.

Quando eles se instalaram em sua nova casa, uma inquietação pairava no ar, com Joaquin Cortez e seu irmão constantemente no limite, lentamente deixando Gabriel Cortez entrar no círculo interno da organização.

O sol escaldante de Miami batia na cidade, seus raios queimando o concreto e iluminando as cores vibrantes da extensa paisagem. Gabriel Cortez estava no centro de tudo, com os olhos escondidos atrás de um par de óculos escuros de grife enquanto examinava as ruas movimentadas repletas de vida. Ele podia sentir a energia pulsando no ar, uma força magnética que o atraía, prometendo possibilidades incalculáveis.

Agora na casa dos vinte anos, Gabriel já havia aprendido as duras lições da vida nas ruas. Joaquin Cortez e seus associados vinham preparando Gabriel há anos, mostrando-lhe as cordas de como sobreviver e prosperar em seu mundo de negócios obscuros e alianças sombrias.

"Fique fora de vista, nunca se gabe", dizia o pai de Gabriel. "Deixe que os outros tomem a fama e a glória, enquanto você puxa as cordas nos bastidores. É assim que você enfrenta qualquer tempestade."

Gabriel levou a sério o conselho de seu pai. Desde cedo, aprendeu a arte da manipulação, estudando as motivações e fraquezas das pessoas ao seu redor. Enquanto outros buscavam os holofotes, Gabriel preferia operar a portas fechadas, exercendo sua influência por meio de sugestões cuidadosamente colocadas e movimentos calculados.

À medida que Gabriel crescia, ele se tornou um especialista no jogo. Ele sabia como jogar as pessoas umas contra as outras, semear sementes de desconfiança e sempre manter seu envolvimento escondido. Seu pai ficou impressionado, vendo o pragmatismo implacável em seu filho que havia servido a todos tão bem.

"Você é natural, garoto", dizia Joaquin com um sorriso orgulhoso. "Com a cabeça nos ombros e a boca fechada, você vai durar mais que todos nós. Ninguém nunca vai ver você chegando."

E era exatamente assim que Gabriel gostava. Nos bastidores, puxando as cordas - foi aí que ele prosperou. A fama e a glória não significavam nada para ele. A sobrevivência era a única coisa que importava.

Surpreendentemente, o tempo passou e não havia ninguém acima da lei. Joaquin Cortez e seus associados estavam secretamente sob dura investigação por tráfico de drogas. O martelo caiu e Joaquin Cortez e os outros foram indiciados e condenados a trinta anos de prisão federal. Assim, o mundo de Gabriel desabou ao seu redor. Ele agora era um soldado solitário, forçado a se defender sozinho em um mundo implacável.

Ao observar a fachada glamorosa e a busca incansável pelo prazer que definia Miami, Gabriel não pôde deixar de ser cativado pela justaposição de luz e escuridão. Além dos arranha-céus cintilantes e das propriedades extravagantes à beira-mar de Miami Beach, ele sabia que os cantos obscuros guardavam segredos e perigos que poucos ousariam explorar. Foi dentro desses cantos escondidos que ele prosperou, abraçando o caos e a imprevisibilidade das ruas.

Um sorriso malicioso brincou nos lábios de Gabriel enquanto ele contemplava a mudança de seu antigo campo de batalha de Chicago para o fascínio de Miami. Sua mente corria com pensamentos de oportunidade e ambição, sabendo que ele poderia criar um novo império nesta cidade. Mas ele entendeu que não seria uma tarefa fácil. Miami era uma fera completamente diferente, onde o poder e o controle eram cobiçados por muitos, mas alcançados por apenas alguns poucos.

Miami foi um convite aberto para reescrever seu legado, uma chance de superar suas realizações anteriores e se estabelecer como uma força a ser reconhecida. Seus pensamentos eram uma torrente de ambição calculada, formando uma estratégia para navegar na intrincada dinâmica de poder dentro de sua família e da própria cidade.

"Miami", ele sussurrou para si mesmo, sua voz um

murmúrio baixo em meio à cacofonia da cidade. "Um playground onde fortunas são feitas e quebradas, onde a linha entre amigo e inimigo se confunde no esquecimento. É hora de deixar minha marca nesta tela de contradições."

Os olhos de Gabriel piscaram com determinação enquanto ele abraçava o calor e o caos que o esperavam. Ele sabia que Miami iria testá-lo, desafiá-lo e talvez até quebrá-lo. Mas, no fundo, ele aproveitou a oportunidade, pois era dentro do cadinho desta cidade vibrante que seu verdadeiro poder seria forjado.

Enquanto a maioria de seus ex-companheiros se encontrava atrás das grades por crimes relacionados a drogas, Gabriel permaneceu um lobo solitário, navegando no submundo traiçoeiro com fome de mais.

Na esteira do encarceramento de sua família e de seus associados, Gabriel ficou preso em uma sensação opressiva de estagnação. As paredes de seu modesto apartamento pareciam uma prisão, cada dia que passava alimentando seu anseio por novas oportunidades, outra chance de acumular riqueza e influência. Ele ansiava por escapar das garras sufocantes de seu passado e forjar um futuro melhor. Durante esse momento crucial, quando a quente Miami banhou seu quarto em uma névoa dourada, um contato inesperado o alcançou.

Michael Cruz lançou uma figura imponente enquanto espreitava as ruas mesquinhas do submundo do crime de

Miami. Alto e cheio de músculos, o latino de 28 anos era uma força a ser reconhecida. Seu cabelo ralo era compensado por uma barba espessa e desalinhada que só aumentava sua aparência rude e intimidadora.

Apesar de sua pouca idade, Michael já havia conquistado a reputação de um dos jogadores mais implacáveis de Miami. Sempre casualmente vestido com jeans simples e camisas pólo, ele impunha respeito e instilava medo onde quer que fosse. Aqueles que o cruzaram rapidamente aprenderam da maneira mais difícil que ele não era um homem com quem se brincasse.

Gabriel, um homem bem vestido em seus trinta e poucos anos de estatura média, abordou esse personagem enigmático com cautela. Sua mente disparou, pesando os riscos e recompensas de se envolver com alguém de reputação tão notória. Apesar de suas reservas, Gabriel não pôde deixar de ficar intrigado com a proposta de Michael apresentada a ele - um novo caminho a explorar que parecia transcender todos os seus empreendimentos anteriores no mundo do crime.

Eles se conheceram em um restaurante na calçada em South Beach, tilintando copos e conversas abafadas criando um manto de anonimato ao seu redor. A figura se inclinou, quase inaudível acima do ruído de fundo, e falou em voz baixa sobre o mundo sedutor do crime de colarinho branco. Ele pintou um quadro vívido de dinheiro fluindo como um rio; Os riscos pareciam mínimos em comparação com a ameaça constante da aplicação da lei e o perigoso submundo das drogas.

"O jogo das drogas está saturado, meu amigo", sussurrou a figura sombria, seus olhos brilhando com travessuras e cálculos. "Mas há outra maneira que explora um sistema quebrado. Gabriel, a fraude na saúde é onde as verdadeiras fortunas são feitas. O sistema de saúde é uma bagunça, um labirinto de brechas esperando para serem exploradas. É uma configuração perfeita? Permanecemos sem rosto. Tenho pessoas dispostas a abrir consultórios médicos e, assim que terminarmos nosso golpe, elas voltarão para Cuba. Ficamos aqui, intocados. Ninguém sabe quem somos. É uma configuração perfeita."

As sobrancelhas de Gabriel franziram enquanto ele considerava a proposta. O fascínio desse novo empreendimento, onde ele poderia navegar pelas complexidades da burocracia em vez das ruas traiçoeiras, o atraiu. Prometia um tipo diferente de poder que operava nos reinos ocultos da legalidade.

"Então, você pode fazer isso sozinho?" Gabriel perguntou, sua voz misturada com ceticismo.

Michael acenou com a cabeça. "Sim, Gabriel, mas preciso que você financie o projeto. Estou com pouco dinheiro."

Um silêncio pesado pairava no ar enquanto Gabriel pesava os riscos. Deixar para trás o mundo do tráfico de drogas por algo mais sofisticado tinha um apelo inegável, mas ele sabia que não deveria confiar cegamente.

"Qual é o truque?" ele pressionou, os olhos se estreitando.

O olhar de Michael não vacilou. "Sem pegadinha. Apenas uma oportunidade de negócio que requer um pouco... navegação criativa".

Os instintos de Gabriel gritavam cautela. Ele estava no jogo há tempo suficiente para saber que as promessas muitas vezes escondiam motivos mais sombrios. O caminho que Michael propôs pode levar à riqueza e influência, mas a que custo?

Ele se recostou na cadeira, as engrenagens de sua mente girando, pesando os riscos contra as recompensas potenciais. Seus olhos dispararam ao redor do restaurante na calçada enquanto ele abraçava a cena de carros exóticos e mulheres bonitas na Ocean Drive. A figura diante dele, aparentemente imperturbável pelo peso da conversa, deixou o silêncio pairar no ar. Depois do que pareceu uma eternidade, Gabriel se inclinou para frente, sua voz pouco acima de um sussurro. "Vamos fazer acontecer. Vou financiar a operação. Este é o nascimento do PMC - Product Manipulation Crew.

Os olhos de Gabriel queimavam com intensidade enquanto ele expunha as regras básicas. "Vamos começar a deixar as coisas claras desde o início para evitar problemas mais tarde." Ele fez uma pausa, seu olhar penetrante. "Como eu disse, vou financiar o projeto. Mas eu quero ficar nos bastidores. Você fala com quem precisa e faz as coisas acontecerem. Eu vou te apoiar, não importa o que aconteça."

"Eu não quero conhecer ninguém, especialmente falar com ninguém, se eu não precisar. E quando você me ligar, nunca use um nome real - sempre um pseudônimo.

"Deixe-me dar-lhe este endereço para que, quando começarmos a ganhar dinheiro, você possa alugar um apartamento na Brickell Drive, em Miami."

"Eu não entendo, Gabriel. Por que preciso de um apartamento só para me encontrar?" Michael questionou enquanto estudava o endereço rabiscado no bloco de notas.

Gabriel recostou-se na cadeira com um sorriso no rosto. "Eu tenho um lugar lá. Brickell Drive, bem no coração de Miami. Arranha-céus, lojas chiques e uma vida noturna que nunca dorme. É a capa perfeita." "Mas a despesa..."

"É necessário," Gabriel o interrompeu. "Não podemos mais arriscar nos encontrarmos ao ar livre. Muitos olhos, muitos ouvidos. Dessa forma, uma vez que estamos dentro dessas paredes, ninguém sabe o que acontece."

Michael considerou as palavras de Gabriel. Ele não podia negar a lógica, por mais que não gostasse da ideia de uma despesa desnecessária.

"Tudo bem, tudo bem. Eu farei os arranjos", concordou Michael. "Mas é melhor você ter um bom motivo para toda essa capa e adaga."

"Michael, você acredita no seu projeto, que vamos ganhar muito dinheiro? Então confie em mim, meu amigo. Você verá em breve. Vamos chamá-lo de ... o local."

Um sorriso conhecedor surgiu no rosto da figura sombria, seus olhos brilhando de satisfação. As rodas foram colocadas em movimento e, com entusiasmo e apreensão, Gabriel estava prestes a embarcar em uma nova jornada que prometia riqueza ilimitada por meio da manipulação de um sistema de saúde falido.

À medida que Gabriel se aprofundava na fraude na área da saúde, ele descobriu a intrincada mecânica por trás desse crime perfeito. Um elemento-chave que diferenciou essa operação foi o envolvimento de pessoas de Cuba sendo recrutadas na área de Miami; Esses indivíduos queriam retornar ao seu país e dinheiro para sobreviver ao governo hostil.

Uma vez que os indivíduos eram recrutados, eles abriam empresas de suprimentos médicos em seus nomes. Gabriel e Michael abririam um serviço de telemarketing separado para ligar para os idosos e oferecer-lhes equipamentos médicos de baixo custo; Nesse ponto, os idosos dariam a eles os números dos beneficiários para cobrar das agências governamentais e seguradoras por equipamentos e serviços.

Michael, com suas conexões na área médica, daria propinas aos médicos dispostos a prescrever equipamentos ou serviços a esses pacientes. Outras maneiras pelas quais o sindicato conseguiu seus pacientes foi por meio de assistentes sociais e instalações para idosos.

Enquanto isso, na sede do centro de Miami, o capitão da força-tarefa do sul da Flórida convocou uma reunião para abordar a alarmante onda de atividades fraudulentas que varrem a cidade.

"Senhores, estamos enfrentando uma manobra estratégica desses criminosos que está confundindo até mesmo nossos investigadores mais experientes", começou o capitão. "O nível de sofisticação e coordenação nesses esquemas de fraude é sem precedentes. Precisamos de nossas melhores mentes sobre isso, e é por isso que estou criando uma equipe especializada para lidar com esses casos de frente."

Apresentando a recém-formada TUFF (Unidade Tática para Fraude), o capitão juntou dois detetives experientes - Julian Pratt e Jackie Ortiz - para liderar o ataque.

Julian 5'11 "38 anos, um homem branco de estatura média, era um detetive experiente vindo da Carolina do Sul. Um veterano da Marinha recém-aposentado, sua experiência o tornou um ativo inestimável.

Em parceria com ele estava Jackie Ortiz 5'8 "36 anos, latina em forma com cabelos pretos. Nascida e criada no sul da Flórida, ela tinha um conhecimento íntimo do ponto fraco da cidade e dos tipos de esquemas que floresceram na região.

À medida que a investigação se desenrolava, um sentimento de frustração tomou conta dos detetives. Eles se viram presos em uma teia de enganos, lutando para prender os responsáveis pela fraude. Embora não totalmente em vão, seus esforços capturaram principalmente médicos, enfermeiros e outros profissionais envolvidos no esquema.

A trilha de evidências os levou por um labirinto de empresas de fachada, contas offshore e álibis cuidadosamente elaborados. Toda vez que pensavam que tinham um avanço, os perpetradores pareciam estar um passo à frente, cobrindo seus rastros com eficiência implacável.

Os interrogatórios revelaram uma complexa rede de corrupção, com indivíduos de várias profissões conspirando para faturar o sistema. Os médicos falsificaram diagnósticos, as enfermeiras falsificaram prescrições e os administradores desviaram fundos, tudo em busca de ganho pessoal.

À medida que a investigação se arrastava, os detetives ficavam cada vez mais frustrados com os obstáculos burocráticos e as brechas legais que impediam seu progresso. Eles sabiam que os verdadeiros arquitetos da fraude estavam vivendo estilos de vida luxuosos, intocados pelas consequências de suas ações.

À medida que Gabriel continuava a construir seu império dentro do esquema de fraude na saúde, ele se tornou cada vez mais consciente da busca dos detetives por esses tipos de crimes. Ele se deleitava com o jogo de gato e rato; Seu ego crescia a cada operação bem-sucedida. No entanto, ele sabia que o dia do acerto de contas acabaria chegando. O conhecimento de que ele e seus companheiros estavam além do alcance da lei nos Estados Unidos deu-lhe uma sensação de invencibilidade, mas também alimentou seu desejo insaciável por maior poder e segurança.

Simultaneamente, uma força-tarefa dedicada se reuniu, sua única missão é descobrir a verdade por trás da intrincada teia de engano tecida pelo sindicato do crime. A força-tarefa era composta por detetives experientes, cada um determinado a derrubar os criminosos por trás do esquema de fraude de saúde que assolava a cidade.

À medida que a investigação se desenrolava, Julian Pratt e Jackie Ortiz começaram a descobrir a verdadeira extensão da engenhosidade do sindicato. Eles ficaram maravilhados com o planejamento meticuloso e a execução impecável de operações fraudulentas que permaneceram escondidas na obscuridade por muito tempo. Os criminosos fizeram fortunas alimentadas pela ganância, explorando as vulnerabilidades do sistema de saúde para encher seus bolsos com ganhos ilícitos.

Mas os detetives não foram facilmente dissuadidos.

Eles meticulosamente reuniram as evidências, conectando os pontos que revelaram o modus operandi do sindicato. À medida que se aprofundavam, descobriram uma rede de médicos, consultórios médicos e profissionais cúmplices do esquema, cada prisão os aproximava do núcleo da organização criminosa e da profundidade da corrupção nesta cidade.

Eles sabiam que, para derrubar esses criminosos astutos, tinham que adaptar suas estratégias de investigação, pensar fora da caixa e encontrar caminhos alternativos para perfurar sua fortaleza de engano.

Não era mais uma mera perseguição; havia se transformado em uma elegante batalha de xadrez, onde a maior das manobras determinaria o vencedor. A equipe se amontoou, analisando todos os ângulos e todos os movimentos possíveis que os criminosos poderiam fazer. Eles perceberam que os métodos convencionais não seriam suficientes - eles precisavam ser tão astutos e imprevisíveis quanto seus alvos.

Vasculhando montanhas de dados, eles começaram a descobrir padrões, pequenas rachaduras na intrincada teia dos criminosos. Lentamente, metodicamente, eles lançaram as bases, preparando o terreno para uma armadilha magistral. Eles estavam otimistas, as apostas eram mais altas do que nunca.

Capítulo 2

SINDICATO DE GABRIEL

Gabriel e Michael sentaram-se em um clube de strip, seu lugar habitual. Gabriel, sempre cauteloso, posicionou-se de frente para a porta com as costas contra a parede, constantemente alerta e examinando o ambiente.

Este era o seu refúgio habitual no coração de Miami, que pulsava com energia e atividade vibrantes.

O ar estava denso com o aroma de fumaça forte de charuto e o cheiro sedutor de perfume feminino, mas sob a superfície, havia uma corrente de algo mais sinistro. Gabriel e Michael não estavam aqui para o entretenimento - eles tinham intenções mais sombrias em mente. Eles estavam lá para uma reunião, uma reunião. Gabriel se sentia confortável falando em uma sala barulhenta, o que tornava mais difícil para qualquer um ouvir ou gravar a conversa.

Michael falou um pouco acima de um sussurro, suas palavras carregadas de antecipação. "Gabriel, é a chave para desvendar um novo mundo de possibilidades. Podemos trazer pessoas de Cuba para os Estados Unidos e devolvê-las sem problemas, sem nunca enfrentar repercussões legais."

"Isso nos dará vantagem sobre nossos concorrentes e nos colocará em uma posição muito melhor. Não precisamos recrutar pessoas em Miami para abrir os consultórios médicos - isso adicionará uma camada extra de proteção, colocando-nos mais longe de qualquer tipo de investigação.

Gabriel assentiu; seu olhar inabalavelmente fixo em Michael. "E como fazemos isso acontecer?"

Os olhos de Michael brilharam com um brilho perverso. "Seremos apresentados a um funcionário do governo da ilha. Ele tem o poder de facilitar nosso plano. Vamos encontrá-lo em Cuba e discutir os detalhes."

"Fui contatado por Juan Aguilar. Esse indivíduo estava entre nossos primeiros proprietários de escritórios iniciais que enviamos de volta para a ilha caribenha de Cuba. Enquanto estava em Cuba, ele estabeleceu conexões com familiares militares, que estavam dispostos a colaborar em atividades criminosas. Seu envolvimento incluiu facilitar a saída de indivíduos da ilha por uma taxa e permitir seu retorno assim que suas atividades ilícitas fossem concluídas. Juan Aguilar me procurou para marcar uma reunião com um funcionário do governo cubano, preparando o terreno para seus empreendimentos nefastos.

Ao conversar com Juan Aguilar, Michael descobriu que ele era a mesma pessoa movida pela ambição, sem medo e sempre disposta a correr riscos. O dono do escritório, Juan Aguilar, tinha experiência em primeira mão com as práticas corruptas do sistema de saúde e estava mais do que disposto a ajudar a explorar suas vulnerabilidades.

Juan Aguilar ainda nutria um forte desejo de riqueza e poder, tendo visto como o sistema enriqueceu poucos às custas de muitos. Ele sabia que os riscos eram altos, mas as recompensas potenciais eram ainda maiores.

Meses de negociações e arranjos cuidadosos culminaram na reunião que Gabriel e Michael estavam prestes a participar. Outrora uma figura vital em seu império criminoso, o dono do escritório abriu o caminho para essa introdução. Por meio de suas conexões e influência, ele garantiu a eles uma audiência com o indescritível funcionário do governo - uma oportunidade que poderia impulsionar suas operações ilegais a alturas sem precedentes.

O dia estava cheio de expectativa quando Gabriel e Michael se encontraram nos arredores luxuosos de um resort em Varadero, Cuba. O sol lançava um brilho dourado sobre as praias imaculadas, mas suas mentes estavam preocupadas com o encontro que os esperava.

Quando eles se acomodaram em um canto do opulento restaurante do resort, sua atenção foi atraída por uma figura entrando na sala. Alto e imponente, ele exalava um ar de autoridade que impunha respeito. Seu bigode grosso acentuava sua expressão severa e sua voz profunda reverberava.

Acompanhando-o estavam dois guarda-costas corpulentos, seus olhos constantemente examinando os arredores, sempre vigilantes. A presença deles enviou uma mensagem clara: esse homem não deveria ser brincado.

O restaurante, cheio de turistas e turistas, de repente ficou em silêncio quando o funcionário e sua comitiva se aproximaram da mesa de Gabriel e Michael. Cabeças se viraram, sussurros se espalharam e olhares curiosos foram trocados. A aura de poder que emanava do oficial criava uma atmosfera de curiosidade e desconforto.

Sem uma palavra, o oficial sinalizou para seus guarda-costas. De forma rápida e eficiente, eles escoltaram discretamente os visitantes até uma sala isolada dos fundos do resort exclusivo. O espaço mal iluminado estava longe de olhos e ouvidos curiosos, garantindo que nenhuma interrupção indesejada interferisse na reunião clandestina prestes a acontecer.

Gabriel e Michael sentaram-se em frente ao oficial, um ar de antecipação e desconforto pairando na sala. O funcionário não perdeu tempo em começar a trabalhar, sua voz baixa e comedida enquanto delineava a natureza delicada das negociações em questão.

Gabriel e Michael trocaram olhares; sua expectativa aumentou. Esta não foi uma reunião comum. A atenção meticulosa do oficial aos detalhes e o poder que ele comandava serviram apenas para ressaltar a gravidade de seu empreendimento.

"Este plano é muito simples", disse ele, sua voz baixa e grave, causando arrepios na espinha. "Vou providenciar para que nossos cidadãos fujam para os EUA, completem sua missão e depois retornem à ilha, vivendo suas vidas intocados por olhares indiscretos."

A curiosidade de Gabriel foi despertada, e ele não pôde deixar de perguntar: "Mas como eles vão deixar a ilha sem serem detectados?"

O funcionário do governo sorriu, revelando uma inteligência astuta. "Vamos nos encontrar na costa de Cuba. Meus oficiais estarão esperando em um barco no ponto designado. E eles retornarão da mesma maneira. Isso garante que você ignore a imigração e não tenha registros de saída dos EUA. Lembre-se, o dinheiro é volumoso e é difícil viajar com ele em um avião. O risco de perder os fundos é muito alto. Nenhum manifesto de fuga, nenhum escrutínio. É infalível."

A mente de Gabriel zumbiu com as implicações dessa operação. "E quantos indivíduos podemos transportar?"

"Quantos forem necessários", respondeu o oficial, seus olhos brilhando de ganância. "Nosso objetivo é ganhar o máximo de dinheiro possível rapidamente. Com a sua ajuda, podemos conseguir isso."

Gabriel não podia acreditar em sua sorte. Ele tropeçou em uma oportunidade além de seus sonhos mais loucos. Um sorriso brincou em seus lábios quando ele respondeu: "Temos um acordo".

Em seu vôo de volta para Miami, Gabriel e Michael se amontoaram, suas mentes consumidas com o esquema que haviam planejado. Eles acreditavam ter encontrado a maneira perfeita de explorar o sistema de saúde e seguro sem levantar suspeitas. A chave era adquirir os cartões médicos ou números de seguro de pacientes idosos e cobrar por serviços falsos, permanecendo indetectáveis. Eles revelaram que não precisavam de profissionais médicos ou pacientes para executar seu plano. Este é 100% de lucro. Ninguém fez isso antes. Estamos fazendo o nosso caminho e eliminando todas as pessoas intermediárias.

A voz de Gabriel era baixa e calculada enquanto ele delineava suas idéias. "Precisamos de uma equipe de indivíduos talentosos, mas não de qualquer um. Precisamos de pessoas que sejam leais a nós e à nossa causa. Eles serão nosso filtro, protegendo-nos das armas da lei." Algumas semanas se passaram e seu novo plano foi colocado em ação. As pessoas começaram a chegar da ilha, ansiosas para participar do plano do sindicato de Miami.

Gabriel e Michael selecionaram cuidadosamente indivíduos com as habilidades e lealdade necessárias. Eles foram meticulosos em seu processo de recrutamento, garantindo que pudessem confiar naqueles que se tornariam parte integrante da PMC.

Eles tinham conexões dentro da indústria médica, indivíduos que estavam prontos para uma mudança. Essas conexões forneceram informações sobre os pacientes, mas não foram suficientes, eles precisavam de mais. Gabriel, o cérebro por trás do esquema, decidiu abrir de dois a três escritórios de suprimentos médicos a cada dois meses, cada um servindo como fachada para suas atividades ilícitas. Esses escritórios se passavam por empresas legítimas, mas a portas fechadas, cobravam do sistema de saúde milhões de dólares em serviços e equipamentos que nunca forneceram.

Gabriel se deleitava com o poder que exercia, a riqueza entrando em seus cofres a um ritmo inimaginável. As operações do sindicato abrangeram a cidade, com dezenas de escritórios gerando milhões de dólares por mês. Eles viviam na opulência, deleitando-se com seus ganhos ilícitos. Joias caras adornavam seus corpos, carros exóticos adornavam suas calçadas e clubes e restaurantes exclusivos os recebiam de braços abertos.

O dinheiro não era mais uma restrição, mas uma ferramenta para alimentar seus desejos. Eles eram a inveja de Miami, o assunto da cidade. O império criminoso que eles construíram parecia imparável, sua reputação crescendo a cada dia que passava.

Capítulo 3

DANÇANDO NO ABRAÇO DO AMOR

G Abriel e seus amigos se deleitaram com a atmosfera vibrante do clube de luxo, um renomado ponto de encontro para a elite de Miami. O baixo estrondoso reverberava pelo ar, a pista de dança pulsava com corpos se movendo em sincronia com o ritmo e o brilho suave de luzes coloridas iluminava o espaço. Era um playground para os ricos e influentes, onde a decadência e a indulgência eram as normas.

Gabriel ficou na beira da seção VIP, examinando a cena com um olho experiente. Vestido impecavelmente em um terno azul meia-noite sob medida acentuando sua estrutura musculosa, o terno, adornado com uma gravata preta elegante, sugeria sua sofisticação e chamava a atenção onde quer que fosse.

Seus olhos percorriam o clube, apreciando as imagens e os sons. As paredes, adornadas com peças de arte moderna, adicionaram um toque de elegância ao ambiente elegante e contemporâneo. O ar estava tingido com o cheiro de perfumes caros e o tilintar de copos, criando uma atmosfera inebriante. A pista de dança pulsava com a batida da música, corpos balançando em um ritmo sensual. Em meio às cores rodopiantes e luzes piscando, o olhar de Gabriel ficou paralisado em uma visão de fascínio do outro lado do bar lotado.

Seu voluptuoso corpo latino foi acentuado por um vestido branco que abraçava a figura que parecia se moldar a todas as suas curvas. Cabelos loiros sedosos caíam em cascata por seus ombros, emoldurando um rosto vivo com um brilho travesso nos olhos e um sorriso sensual e sedutor.

Enquanto caminhava pela multidão, ele teve vislumbres fugazes do sorriso contagiante e radiante de Sophia enquanto ela se envolvia em uma conversa animada com seus amigos. Sua risada se misturou perfeitamente com a música, enchendo o ar com uma sinfonia melódica.

Finalmente chegando ao bar, Gabriel se posicionou ao lado de Sophia, sua voz entrelaçada com confiança enquanto se apresentava. O tilintar dos copos e as conversas enérgicas apoiaram o encontro. Voltando o olhar para Gabriel, seus olhos encontraram os dele com curiosidade e diversão. A beleza de Sophia era cativante, acentuada por sua tez impecável e lábios carmesim que prometiam segredos incontáveis.

Gabriel não pôde deixar de ser atraído pela presença magnética de Sophia. Ele a elogiou, elogiando sua beleza e charme, oferecendo um convite para se juntar a ele e seus amigos na seção VIP. Sua voz carregava uma pitada de intriga, um convite para se entregar a uma noite de luxo e emoção. Os amigos de Sophia trocaram olhares conhecedores, espelhando sua intriga e adicionando um elemento de antecipação lúdica.

Intrigada com a audácia de Gabriel e cativada por seu charme, Sophia aceitou seu convite. Ela graciosamente conduziu seus amigos para a seção VIP, exalando confiança e graça. Os amigos de Gabriel os receberam de braços abertos, seus aplausos ressoando pelo espaço enquanto comemoravam a chegada de seus novos companheiros.

A noite se desenrolou em um turbilhão de música, risos e champanhe. Gabriel e Sophia dançaram, seus corpos se movendo em perfeita harmonia, perdidos no ritmo da música. Suas conversas fluíram sem esforço, sua conexão ficando mais forte a cada momento que passava. Foi uma noite de energia inebriante e experiências compartilhadas.

Enquanto o DJ tocava, lançando um feitiço de

encantamento sobre a pista de dança lotada, Gabriel puxou Sophia para perto, seu corpo delicado se encaixando no dele, finalmente unido. O momento intensificou uma atração magnética que vinha crescendo desde o momento em que eles se viram pela primeira vez.

O coração de Sophia disparou quando os dedos de Gabriel traçaram a curva de sua cintura, seu toque acendendo um fogo dentro dela. Sentindo uma necessidade desesperada de estar mais perto dele, de sentir o calor de seu corpo contra o dela, Sophia estendeu a mão, enfiando os dedos em seus cabelos e puxando-o para baixo até que seus lábios se encontraram em um beijo apaixonado. Foi um beijo que transmitiu todos os sentimentos não ditos que eles estavam abrigando.

Ela olhou para ele, seus olhos brilhando com uma mistura de desejo e admiração. Naquele momento, nada mais importava - nem a música pulsante, nem a conversa dos convidados, nem o champanhe fluindo. Havia apenas Gabriel e Sophia, presos em um abraço entusiasmado.

O tempo parecia ter parado enquanto eles se moviam como um só, seus corpos balançando e se contorcendo em uma dança de paixão desenfreada. Cada toque de pele, cada olhar acalorado, cada palavra sussurrada alimentava a intensidade crescente entre Gabriel e Sophia.

Com as mãos entrelaçadas, eles tropeçaram no Porsche de Gabriel e dirigiram pelas ruas mal iluminadas de Miami, alimentados pela paixão desenfreada que se acendeu entre eles no clube. As batidas pulsantes e os corpos balançando incendiaram o sangue de Gabriel e Sophia, e agora tudo o que eles desejavam era ficar sozinhos, sentir o toque um do outro desinibido.

Sem fôlego, eles bateram na porta do apartamento de Gabriel, incapazes de manter as mãos longe um do outro. As roupas foram descartadas às pressas, caindo no chão em uma trilha em direção ao quarto. O luar entrava pelas janelas panorâmicas do apartamento de Gabriel, lançando um brilho prateado sobre seus membros emaranhados enquanto Sophia caía de volta na cama em um emaranhado de beijos desesperados e pontas dos dedos acariciantes.

As luzes da cidade de Miami cintilavam abaixo, um pano de fundo para a exploração fervorosa dos corpos uns dos outros. As mãos de Gabriel mapearam as curvas de Sophia, acendendo faíscas que ameaçavam consumi-las. Suspiros e suspiros se misturaram enquanto Gabriel e Sophia cediam à necessidade primordial que queimava dentro deles, impulsionados por uma paixão que tudo consumia.

Músculos tensos e relaxados, pele escorregadia de suor enquanto se moviam juntos, perdidos em um mundo de sua criação. O tempo parecia desacelerar, cada toque e sensação aumentava, intensificando o prazer que crescia e crescia até atingir o pico em uma série de liberações trêmulas e extáticas.

Exaustos, eles se agarraram um ao outro, os batimentos cardíacos voltando lentamente ao normal enquanto se deleitavam com o arrebol, olhando para a paisagem urbana cintilante abaixo. Naquele momento, nada mais importava além da conexão que Gabriel e Sophia compartilhavam, um vínculo forjado no calor da paixão que ficaria para sempre gravado em suas memórias.

À medida que as horas diminuíam e o sol começava a espreitar no horizonte, Gabriel e Sophia estavam absortos na presença um do outro. Seu vínculo se aprofundou, suas almas entrelaçadas em meio às luzes bruxuleantes e batidas pulsantes. Eles se sentiram como se se conhecessem há toda a vida, sua conexão transcendendo os limites do tempo e do espaço.

Gabriel acordou cedo, dando um beijo suave na testa de Sophia antes de sair da cama. "Durma um pouco mais, menina", ele sussurrou. "Vou fazer um café da manhã especial para nós."

Na cozinha, Gabriel se movia com facilidade praticada, preparando seus pratos favoritos. O aroma de café cubano acabado de fazer e bacon escaldante logo encheu o ar, deixando Sophia com água na boca. Quando a mesa foi posta, Gabriel voltou para o quarto.

"O café da manhã está pronto", ele anunciou suavemente, colocando uma bandeja no colo de Sophia. "Aproveite e não se preocupe com nada. Este é o nosso momento de relaxar."

Sorrindo para Gabriel, Sophia viu o contentamento em seus olhos. Eles saborearam a refeição juntos, o mundo lá fora desaparecendo enquanto eles se entregavam a essa pausa pacífica.

No entanto, a tranquilidade logo foi interrompida quando o telefone de Gabriel tocou e ele reconheceu a voz urgente de Michael do outro lado da linha. A ligação trouxe notícias de uma operação de contrabando que deu errado, com a carga de três recrutas para seu consultório de saúde em risco.

Enquanto Michael explicava a situação com o barco com pouco combustível, a mente de Gabriel correu para encontrar uma solução. O sucesso de sua operação de contrabando dependia de uma coordenação suave e raciocínio rápido. Com determinação, Gabriel traçou um plano.

"Michael, entre em contato com o capitão no telefone via satélite, fornecendo novas coordenadas. Diga a ele para ir ao nosso ponto de emergência é o velho cais abandonado. Isso permitiria que o capitão se aproximasse com segurança de um local remoto e se encontrasse com um dos membros do nosso sindicato. O membro da tripulação poderia então reabastecer o barco, garantindo que ele tivesse o suficiente para chegar a Miami sem levantar suspeitas.

O tempo era essencial, e Michael rapidamente passou as coordenadas atualizadas para o capitão. O capitão reconheceu a mensagem e alterou o curso, navegando furtivamente em direção ao novo local de encontro.

Logo após desligar, Michael imediatamente contatou Jorge Acosta. Na casa dos sessenta anos, com cabelos grisalhos e um pouco pesado, Jorge morava em Florida Cayos. Um pescador de profissão que conhecia o caminho, ele era o cara do sul que estava mais próximo do ponto de encontro. Michael explicou em voz baixa o que eles precisavam.

Jorge respondeu sem hesitar: "Estou nessa. Um pouco arriscado, eu diria, uma operação diurna." Ele garantiu a Michael que reuniria os recrutas e os deixaria em Raphael Santos em Miami. Raphael, na casa dos trinta anos e apelidado de Chino, era um cubano asiático que cresceu no bairro de Chinatown, em Havana. Ele estava sob o comando de Michael, tornando-o o terceiro no comando do sindicato de Miami, e estava encarregado de preparar os recrutas e o escritório para os negócios.

Jorge correu para o velho estaleiro com docas desgastadas, onde a lancha estava esperando. Quando parou, a tripulação rapidamente encheu os tanques de combustível, certificando-se de que tinham combustível suficiente para fazer a corrida para Miami sem paradas. Em poucos minutos, o barco estava carregado e pronto para continuar sua jornada até o ponto decisivo.

Jorge olhou em volta nervosamente, esperando que eles não tivessem atraído nenhuma atenção indesejada. Mas o cais estava quieto e o barco acelerou para as águas abertas, sem deixar vestígios.

Jorge olhou para o recruta, um jovem cubano de não mais de vinte e cinco anos, segurando a maçaneta da porta. O estaleiro desapareceu no espelho retrovisor quando eles se fundiram na rodovia e seguiram para o norte, para Miami.

"Relaxe, garoto", disse Jorge com sua voz áspera, mas tranquilizadora. "Chino, o homem com quem você vai passar muitos meses, é um durão, mas ele é um homem de palavra. Faça o que ele diz, e você estará rolando em dinheiro antes que perceba.

O recruta engoliu em seco, dando um pequeno sorriso preocupado. Jorge podia sentir o cheiro do medo irradiando dele, aquela potente mistura de excitação e incerteza que todo novo contratado tem. Não importava sua origem - gang banger, jarhead ou apenas algum punk em busca de dinheiro fácil - todos eles tinham aquele olhar de coelho nos faróis quando a realidade de fazer algo ilegal se instalou.

Mas Rafael tinha uma maneira de separar os fracos dos fortes. Raphael estava encarregado de preparar os recrutas e o escritório para os negócios. As operações do Miami Syndicate tornaram-se mais ousadas e lucrativas. Os trabalhos ficaram mais intensos, com certeza, mas os pagamentos foram suficientes para fazer um homem arriscar sua liberdade. Jorge estava no sindicato de Miami há tempo suficiente para saber que os fins sempre justificavam os meios nessa linha de trabalho.

Enquanto a van de Jorge roncava pelas ruas do distrito de armazéns de Miami, o ar úmido engrossava. Suas mãos estavam firmemente no volante enquanto ele navegava em prédios degradados, sempre olhando no espelho retrovisor para os dois rostos nervosos sentados no chão na parte de trás da van e o garoto mais novo sentado ao lado dele.

Ele parou em um armazém indefinido, a porta de metal enferrujada mal pendurada nas dobradiças. Jorge desligou o motor e saiu, gesticulando para que os outros o seguissem.

Ao se aproximarem da entrada, uma figura atarracada emergiu de dentro - Raphael, um sorriso malicioso se espalhou pelo rosto enquanto dava um tapinha nas costas de Jorge.

"Trabalho bem feito, meu irmão", disse Raphael com uma voz rouca. Ele pegou um envelope grosso, pressionando-o na mão de Jorge. "Para o seu trabalho."

Jorge agradeceu, o peso do dinheiro um conforto familiar. Ele vinha administrando essa rota há anos com outras organizações de drogas e agora estava na folha de pagamento do sindicato de Miami. Ele estava a apenas uma ligação de distância, sem perguntas.

Raphael se virou para o grupo de olhos arregalados, seu olhar frio. "Bem-vindos aos EUA e à sua nova vida, meus amigos."

Enquanto Raphael reunia o grupo de novos recrutas, com os olhos arregalados com uma mistura de antecipação e nervosismo, ele examinou os rostos à sua frente, avaliando as mais novas adições à operação.

"Tudo bem, ouça", disse ele, seu tom casual, mas firme. "Preciso que cada um de vocês me dê o endereço onde ficarão - com a família, amigos, quem quer que seja. Apenas certifique-se de que é seguro."

Um por um, eles forneceram os detalhes, e Raphael os anotou em seu caderno gasto. Com um aceno de cabeça, ele fez sinal para que o seguissem até seu Range Rover.

Enquanto eles se amontoavam, Raphael deslizou para trás do volante, olhando por cima do ombro antes de se afastar do meio-fio. "É assim que vai funcionar", ele começou, mantendo os olhos na estrada. "Entrarei em contato com cada um de vocês nos próximos dias para revisar a operação. Detalhes, papéis, todas as nove jardas."

Ele fez uma pausa, certificando-se de que eles estavam seguindo. "Mas aqui está a coisa - você não diz uma palavra disso para ninguém. Nem sua mãe, nem seu melhor amigo, ninguém. Essa merda é altamente ilegal e você nunca sabe com quem pode estar falando.

A van diminuiu a velocidade quando eles se aproximaram do primeiro ponto de desembarque. "Entendeu?" Raphael (Chino) fixou o jovem recruta com um olhar aguçado, esperando o aceno nervoso antes de continuar. Ele lhe entregou um telefone celular. "É assim que vou chegar até você. Mantenha-o com você o tempo todo.

Um por um, ele os depositou em suas casas temporárias, o mesmo aviso em seus lábios a cada vez. Quando o último recruta desapareceu atrás de uma porta indefinida, Raphael se permitiu um sorriso apertado. Se eles conseguissem passar pela iniciação, valeriam o investimento feito.

Mais tarde naquela noite, o plano cuidadosamente orquestrado foi executado perfeitamente, deixando-os aliviados por terem evitado um desastre em potencial. Gabriel sabia que havia pouco tempo para comemoração, pois o mundo em que navegavam exigia vigilância e adaptabilidade constantes.

Enquanto a lua subia, sua luz prateada lançando um brilho sereno sobre a cidade, Gabriel e Sophia se viram envoltos em um momento de pura conexão. O ar noturno, vivo com os ritmos sutis da cidade, parecia celebrar sua união, cada um sussurrando um testemunho do romance atemporal. No santuário da varanda, o olhar compartilhado do casal falava muito, sua comunicação silenciosa mais profunda do que as palavras jamais poderiam transmitir. O mundo, com todo o seu caos e clamor, derreteu, deixando apenas a verdade de sua afeição compartilhada, tão duradoura e luminosa quanto a lua acima.

Na solidão silenciosa de seu reflexo, a determinação

de Gabriel endureceu como aço. Ele entendeu o peso de seu estilo de vida que acompanhava cada passo seu, as testemunhas silenciosas de uma vida repleta de perigos. No entanto, nos olhos de Sophia, ele viu a promessa de redenção, um farol de inocência que ele jurou proteger. Era um juramento silencioso, gravado no fundo de seu coração, para protegê-la da tempestade de seu mundo. Pois em sua risada, ele encontrou esperança e, em seus sonhos, a força para forjar um novo caminho - um em que os espectros de seu passado não lançariam mais seu véu escuro sobre seu futuro.

Os dedos de Gabriel traçaram a delicada curva da bochecha de Sophia; Seu toque a fez sorrir e lhe deu uma sensação de segurança. Foi um gesto simples, mas que teve um peso imenso em seu relacionamento.

Olhando para seu reflexo, Gabriel fez uma promessa silenciosa a si mesmo. Ele manteria Sophia distante de suas atividades ilícitas, garantindo sua segurança e preservando a pureza de seu amor. Ela merecia uma vida intocada pelos fantasmas que o assombravam, onde pudesse prosperar e se livrar das consequências de suas escolhas.

Seus inimigos eram implacáveis, sempre em busca de fraquezas para explorar. Gabriel não podia arriscar expor Sophia às suas intenções maliciosas. Ele tinha visto até onde eles iriam; as vidas que eles destruíram. Sophia era seu santuário, a luz que o guiava através da escuridão. Ele não podia suportar a ideia de que a luz se extinguisse.

Sophia olhou em seus olhos, vendo o amor inabalável e a dedicação em seu olhar. Embora as perguntas ainda permanecessem em sua mente, ela se consolou com as palavras dele e a força de sua conexão.

"Eu confio em você, Gabriel", ela respondeu, sua voz cheia de amor e determinação. "Enquanto estivermos juntos, podemos enfrentar qualquer coisa que surja em nosso caminho."

Alguns dias se passaram. Raphael examinou o trio de recrutas: um jovem magro com cabelos encaracolados, um homem magro de vinte e tantos anos com feições afiadas e um comportamento sensato, e um cavalheiro mais velho com cabelos grisalhos, mas uma determinação ardente queimando em seus olhos.

"Tudo bem, ouça", a voz rouca de Raphael transportou o rugido surdo do motor. "Este não é um passeio no parque. A operação que estamos prestes a realizar é perigosa e exigente e não há garantia de sucesso. Se algum de vocês quiser desistir, agora é a hora."

O trio trocou olhares; suas mandíbulas se fixaram em resolução silenciosa. Chino sorriu, aparentemente impressionado com sua convicção. "Não se preocupe, eu sei que tudo isso é um território novo para você, mas você queria esta missão por causa de sua vontade de ganhar dinheiro, dedicação e sacrifício para estar aqui."

Ele começou a explicar os objetivos da operação: em primeiro lugar, eles não deveriam discutir suas operações com ninguém de fora da organização. O sigilo absoluto era uma obrigação.

"Em segundo lugar, vou mandá-lo para um escritório de advocacia especializado em supervisionar a papelada necessária para obter suas autorizações de trabalho. Isso acelerará o processo de sua documentação para que possamos abrir nosso negócio de suprimentos médicos."

"Terceiro, você precisará formar uma corporação, uma entidade legal para servir de fachada para nossas atividades ilícitas. Isso dará um ar de credibilidade e legitimidade à operação."

A voz de Raphael tinha um tom áspero enquanto ele se dirigia à sua nova equipe, enfatizando a natureza crítica de sua próxima operação fraudulenta. Cada membro entendeu a gravidade da situação, seus rostos gravados com determinação. "Temos uma chance de acertar", disse Raphael. "O sucesso desta operação depende de nossa capacidade de seguir o plano meticulosamente. O fracasso não é uma opção."

Nos meses seguintes, Raphael coordenou todos os aspectos - fornecendo documentação, acompanhando incansavelmente e garantindo que nada fosse deixado de lado. Os advogados trabalharam incansavelmente.

Capítulo 4

O ATO DE EQUILÍBRIO

Um em meio às ruas movimentadas de Miami, a paisagem urbana diversificada e vibrante forneceu um pano de fundo para a operação em expansão liderada por Gabriel e sua equipe. À medida que seu alcance se estendia, a intrincada teia de sua empresa começou a se entrelaçar com a vida de indivíduos de diversas origens e níveis da sociedade.

Omar Garcia, um jovem imigrante cubano na casa dos trinta anos com uma pele escura que tinha 5'9 ", foi um dos primeiros recrutas trazidos de Cuba para Miami para abrir um escritório ilegal de suprimentos médicos. Ele era apenas o dono no papel de que o sindicato de Miami precisava estabelecer um escritório de suprimentos médicos que serviria de fachada para operações de faturamento fraudulento no sistema de saúde e seguradoras privadas, lucrando milhões em poucos meses.

Ele falava um inglês ruim - uma figura despretensiosa no mundo ilícito da fraude na saúde. No entanto, ele estava prestes a ser puxado para uma teia de engano e ganância que avaliaria os próprios limites de sua moral.

A promessa de riqueza e um estilo de vida luxuoso inicialmente seduziram Omar, alimentando seus sonhos de prosperidade de longa data. Vindo de uma origem humilde, o fascínio do "dinheiro fácil" oferecido pelo Miami Syndicate parecia uma fuga tentadora das restrições de seu passado.

Atraído pela busca incansável de ganhos financeiros, Omar se viu enredado em um esquema complexo visando o sistema de saúde. A perspectiva de uma vida de luxo em Cuba era tentadora. No entanto, com o passar do tempo, a perspectiva de Omar mudou. A energia vibrante de Miami e a liberdade que ele experimentou nos Estados Unidos começaram a revelar um lado diferente da vida - um mundo onde as oportunidades abundavam, os sonhos podiam ser perseguidos e o valor de uma pessoa era medido além da riqueza material.

Preso entre as promessas sedutoras da operação e a recém-descoberta apreciação pelas liberdades que passou a prezar,

Omar se viu em uma encruzilhada. O fascínio das riquezas ilícitas colidiu com um crescente senso de moralidade, uma voz que sussurrava sobre as consequências que aguardavam aqueles que escolheram um caminho de engano e fraude.

Pesando a balança de seus desejos contra as possíveis repercussões, Omar lutou com o sigilo de seus pensamentos. A percepção de que seu envolvimento no esquema de cobrança fraudulenta trazia o risco de manchar sua vida recém-descoberta roía sua consciência. Ele ansiava pela estabilidade e segurança de Miami, a chance de construir um futuro legítimo baseado no mérito e não no engano.

Apesar do fascínio, as dúvidas começaram a consumir Omar. As cores vibrantes da cidade pareciam suaves, manchadas pela desonestidade que permeava suas ações. O gosto da liberdade que ele apreciava estava contaminado pelo conhecimento de que repousava sobre uma base de fraude.

Buscando consolo e orientação, Omar confidenciou a um colega associado, compartilhando as dúvidas que obscureciam sua consciência. O associado, bem ciente da complexidade moral de suas operações, entendeu o peso das preocupações de Omar. Juntos, eles contemplaram os caminhos diante deles, avaliando as consequências de suas escolhas e buscando uma solução que trouxesse clareza às suas circunstâncias obscuras.

Percebendo a gravidade da situação, o associado decidiu

envolver Raphael, seu confidente de confiança. Raphael se encontrou com Omar, ouvindo suas preocupações e reconhecendo o delicado equilíbrio que precisava ser mantido.

A atmosfera no escritório de Raphael estava pesada de expectativa quando ele se sentou em frente ao problemático recruta cubano. O olhar penetrante de Raphael encontrou os olhos de Omar, transmitindo compreensão e determinação.

"Agradeço por ter vindo até mim com suas preocupações", começou Raphael, sua voz carregando um tom suave, mas autoritário. "É preciso coragem para questionar o caminho que você tomou."

Os ombros de Omar cederam com o peso de suas emoções conflitantes. " Raphael, nunca me imaginei nessa situação. A vida com a qual sonhei em Miami não envolvia engano e fraude. Mas me sinto preso, dividido entre as promessas de riqueza e o desejo de uma vida construída sobre a verdade."

Raphael se inclinou para frente, apoiando os antebraços na superfície de madeira desgastada de sua mesa. "Eu entendo as lutas que você está enfrentando. Não é uma decisão fácil, mas garanto que encontraremos uma maneira de resolver isso sem comprometer seu bem-estar."

A esperança cintilou nos olhos de Omar enquanto ele procurava por segurança. "Mas o que podemos fazer, Rafael? Como posso me afastar desse esquema sem enfrentar consequências terríveis?"

Um sorriso tortuoso brincou nos lábios de Michael quando ele estendeu a mão, colocando uma mão reconfortante no braço de Omar. "Devemos ser cautelosos e estratégicos. A chave é navegar por esse caminho com delicadeza, garantindo o mínimo de interrupção em nossas operações e, ao mesmo tempo, honrando seu desejo de um futuro diferente."

Omar assentiu, sua fé em Raphael ficando mais forte. "Eu confio no seu julgamento, Raphael. Por favor, guie-me por isso; ajude-me a encontrar uma saída."

A voz de Raphael assumiu um tom medido, suas palavras misturadas com determinação. "Fique tranquilo; vamos lidar com isso com o máximo cuidado. Vou conversar com nossos contatos e elaborar um plano que permita que você se afaste sem colocar em risco a si mesmo ou à nossa operação.

Mas Omar já estava farto. Durante anos, ele esteve entrincheirado no mundo sombrio do Miami Syndicate, uma vida de engano, violência e medo constante. Mas agora, ele queria sair. Ele sonhava com um futuro legítimo, onde pudesse sair e começar uma nova vida em Miami.

Levou meses de planejamento cuidadoso, mas finalmente, Omar conseguiu se livrar das garras do sindicato. Ele estava pronto para desaparecer no anonimato da vida normal, ou assim ele pensava.

Em poucas semanas, os sonhos de Omar de um novo começo foram destruídos. Enquanto ele caminhava por uma rua lateral em Miami, uma van parou ao lado dele. Antes que ele pudesse reagir, mãos fortes o agarraram e ele foi colocado no veículo, seus gritos de socorro abafados pelo rugido do motor.

Omar sabia que apenas uma equipe poderia estar por trás disso - o Miami Syndicate com o qual ele não conseguiu manter seu acordo apenas algumas semanas antes. O sindicato tinha memórias longas, e Omar havia quebrado uma confiança sagrada, devendo-lhes dinheiro por seu transporte de Cuba para Miami. Agora, ele teria que enfrentar as consequências.

Enquanto a van acelerava pelas ruas da cidade, o coração de Omar batia forte em seu peito. Ele sabia que seu destino estava selado. O sindicato não o deixaria ir tão facilmente, e ele se preparou para os horrores que estavam por vir. O sonho de uma vida normal tinha sido apenas isso - um sonho. O passado de Omar o alcançou e agora ele teria que lutar por sua própria sobrevivência.

Omar sempre foi um pouco arriscado, mas desta vez ele se meteu em uma bagunça. Ele concordou com o PMC, mas não conseguiu cumprir sua parte do acordo, pensando que seria uma maneira descomplicada de sair de seu acordo. Mal sabia ele que, enquanto dirigiam em direção às docas,

Omar começou a sentir uma sensação desconfortável no estômago. O PMC estava em silêncio e focado, suas expressões ilegíveis. Quando eles chegaram e ele viu o barco elegante e movido a energia offshore esperando por eles, os alarmes começaram a disparar em sua cabeça.

"Para onde exatamente estamos indo?" ele perguntou, tentando manter a voz firme.

Um dos caras do PMC se virou para ele com um olhar frio. "Cuba." A mente de Omar disparou. Em que diabos ele se meteu? Ele sabia que o PMC tinha conexões lá, mas não tinha ideia de que eles iriam contrabandeá-lo para fora de Miami e de volta para Cuba. Seu destino agora estava completamente fora de seu controle.

Enquanto embarcavam no barco e fugiam noite adentro, Omar sentou-se em um silêncio sombrio, com o coração batendo forte. Ele teve a sensação de que esta era uma viagem só de ida e que sua vida nunca mais seria a mesma. Os olhares frios e calculistas nos rostos de seus "companheiros" deixavam claro que não havia como recuar agora.

Nos momentos de silêncio entre a atividade frenética, Gabriel e Michael refletiam sobre a jornada que os trouxe a este ponto. Eles estavam orgulhosos do que haviam construído, mas também reconheceram a fragilidade de tudo isso. Um passo em falso, um momento de fraqueza, e tudo pode desabar.

À medida que o PMC continuava a prosperar, Gabriel permaneceu vigilante, sabendo que cada desafio apresentava uma oportunidade. Nas ruas de Miami, o PMC foi construído com base na confiança e no respeito, um equilíbrio delicado que ele lutou para manter em meio ao caos.

Poucos dias depois, Raphael e Michael convocaram sua reunião semanal, uma reunião de rotina onde discutiram os intrincados detalhes de suas operações fraudulentas. O ar estava cheio de tensão enquanto eles investigavam os recentes desenvolvimentos após o incidente de Omar Garcia.

Michael não perdeu tempo abordando o assunto urgente, seu tom misturado com urgência. "Então, qual é o status do dinheiro do lucro coletado por meio de nossas atividades fraudulentas?"

Raphael abriu sua pasta e pegou seu bloco de notas. Os olhos de Michael examinaram os números diante dele enquanto Raphael explicava: "Conseguimos tirar do banco esta semana mais de oitocentos mil de alguns escritórios de suprimentos médicos." Sua voz era baixa e calculada.

"Michael, temos um pouco mais de três milhões de dólares restantes nos bancos a partir de hoje, e muito mais fundos chegando ao banco na próxima semana para retirar. Precisamos de mais recursos para extrair o dinheiro. Isso é apenas de dois escritórios; Devemos abrir mais três consultórios médicos nos próximos meses."

Michael levantou a cabeça ligeiramente enquanto Raphael apresentava os números. "Restam três milhões para extrair, hein? Nossa conexão de câmbio é melhor intensificar seu jogo. Ele costumava tirar um milhão por semana para nós; por que ele diminuiu a velocidade?"

"Ele está fazendo o que pode sem levantar muitas bandeiras por enquanto", respondeu Raphael. "Assim que colocarmos os outros três consultórios médicos em funcionamento, dobraremos nosso fluxo de lucro."

Michael se inclinou para trás, passando a mão pelo cabelo. Essa operação de lavagem de dinheiro foi mais complicada do que o previsto, mas os lucros da canalização de ganhos ilegais por meio de negócios legítimos eram substanciais demais para serem abandonados agora.

"Ok, vamos manter a conexão atual que temos por enquanto, mas continuar examinando algumas alternativas. Eu não quero nenhum ponto de estrangulamento quando estamos indo tão bem", instruiu Michael, com o queixo firme. Eles investiram muito para permitir que um único elo fraco retardasse a operação.

Capítulo 5

ENGANO E EXPLORAÇÃO

G As semanas de Abriel e Sophia após seu primeiro encontro foram um frenesi de amor e desejo. Parecia que eles estavam presos em uma corrente, carregando-os sem esforço por uma série de momentos mágicos que pareciam saídos de um conto de fadas.

Cada encontro que eles compartilharam foi cuidadosamente planejado, cada detalhe meticulosamente pensado para criar uma experiência encantadora para ambos. Gabriel, sempre o epítome do charme, chegava à porta de Sophia em seu elegante Porsche vermelho, um sorriso deslumbrante iluminando seu rosto. A visão dele nunca deixou de fazer seu coração bater mais forte. Com um abraço carinhoso e um elogio sussurrado, eles embarcariam em sua aventura do dia.

Suas jornadas juntos os levaram a joias escondidas por toda a cidade, conhecidas apenas por aqueles dispostos a explorar além do caminho batido. De mãos dadas, eles vagavam por parques pitorescos, saboreando a beleza da natureza que se desenrolava diante de seus olhos. Eles compartilharam risadas, se envolveram em brincadeiras alegres e se deleitaram com a alegria de estarem juntos.

E quando a noite caiu, seus encontros se transformaram em assuntos elegantes que despertaram os sentidos. Gabriel arrebatava Sophia, levando-a a restaurantes à luz de velas adornados com uma decoração requintada. O aroma de pratos tentadores se misturava com suas risadas, criando um ambiente que os envolvia em seu mundo. O tempo parecia ter parado enquanto saboreavam iguarias deliciosas, envolvendo-se em conversas profundas que desafiavam suas mentes e abriam seus corações.

Mas o amor deles realmente floresceu nos momentos íntimos a portas fechadas. O luxuoso apartamento de Gabriel tornou-se um santuário, um refúgio onde eles poderiam escapar do mundo exterior e se perder em seus desejos. Uma música suave encheu o ar, e as velas bruxuleantes lançaram um brilho quente e sensual em seus corpos entrelaçados.

Nesses momentos roubados de intimidade, eles

descobriram uma linguagem que as palavras não conseguiam expressar. Seus corpos se moviam em perfeita harmonia, as pontas dos dedos traçando padrões delicados na pele um do outro, acendendo um fogo que consumia os dois. Eles se renderam à paixão que fervilhava entre eles, a sinfonia de seu amor criando um crescendo que ecoou por toda a sala. O tempo parecia perder todo o significado quando eles se renderam às ondas de prazer, perdidos em um mundo onde apenas sua conexão importava.

Mas não era apenas o desejo físico que os unia. Na segurança do abraço um do outro, eles encontraram coragem para revelar seus medos e inseguranças mais profundos. Eles compartilharam histórias de seus passados, as cicatrizes que carregavam e as batalhas que lutaram. Nesses momentos de vulnerabilidade, eles encontraram consolo e compreensão, oferecendo apoio e aceitação inabaláveis. Seu vínculo transcendeu o físico, tornando-se uma união inquebrável de corações e almas.

Enquanto estavam deitados nos braços um do outro, seus corpos entrelaçados, eles se maravilharam com a beleza de seu amor. Seus sussurros encheram a sala de promessas e declarações, afirmando seu compromisso inabalável um com o outro. Nesses momentos de ternura, eles criaram um santuário para escapar do caos do mundo e encontrar consolo na presença um do outro.

Juntos, eles descobriram um amor profundo e

abrangente, um amor que desafiava a lógica e superava seus sonhos mais loucos. No abraço do apartamento de Gabriel, eles criaram memórias que ficariam para sempre gravadas em seus corações. Ao embarcarem nessa jornada de amor, eles sabiam, sem dúvida, que haviam encontrado algo extraordinário um no outro.

Enquanto Gabriel e Sophia se deleitavam com as profundezas de seu amor e paixão, sem saber da tempestade iminente que se aproximava do lado de fora das paredes do apartamento de Gabriel, o tribunal estava cheio de um ar de expectativa. Era um forte contraste com a intimidade que eles compartilhavam.

A tensão encheu o ar enquanto a procuradora dos EUA Alice Harper, uma mulher negra profissional de 34 anos, junto com os detetives Julian Pratt e Jackie Ortiz, se preparavam para apresentar seu caso perante o juiz. As apostas eram altas - eles precisavam garantir acusações e mandados de busca para seus suspeitos, indivíduos astutos e esquivos que haviam escapado da justiça por muito tempo.

Enquanto reuniam suas evidências e revisavam sua estratégia, Alice podia sentir o peso da responsabilidade em seus ombros. Este foi um momento crucial que poderia fazer ou quebrar seu caso. Ela sabia que Julian e Jackie haviam passado incontáveis horas, vasculhando detalhes, perseguindo pistas e construindo uma base sólida para apoiar seus argumentos.

O tribunal estava vinculado ao peso das supostas atividades fraudulentas que lançaram uma sombra escura sobre o sistema de saúde no sul da Flórida. Com precisão meticulosa, a procuradora dos EUA Alice Harper apresentou as evidências, pintando um quadro vívido do golpe maciço que causou perdas significativas aos contribuintes e minou a integridade do setor de saúde. Cobrando milhões de dólares por mês do Medicare e do seguro privado, essas empresas exploraram o sistema cobrando por equipamentos médicos desnecessários ou inexistentes. A teia de enganos estendeu seu alcance, conectando um suspeito a outro em uma intrincada rede de fraudes. O juiz concedeu os mandados de busca e prisão.

A quietude da manhã foi quebrada pelo estrondo estrondoso de portas estilhaçadas enquanto a equipe do TUFF entrava no prédio de escritórios indefinido que abrigava o consultório médico de Gordon. "Isso é um ataque! Vá para o chão, agora!" berrou o agente principal Julian Pratt, sua voz estrondosa com autoridade.

Lá dentro, uma enxurrada de atividades se seguiu enquanto os agentes se espalhavam, protegendo as instalações e reunindo os funcionários assustados. No escritório, um homem branco em um terno mal ajustado, gotas de suor se formando na testa, viu-se preso contra a parede por dois agentes pesados.

"Gordon Fisher, com quase sessenta anos e cabelos

grisalhos, você está preso por fraude na área da saúde e lavagem de dinheiro", rosnou um dos agentes, batendo algemas nos pulsos do homem.

Enquanto isso, do outro lado da cidade, uma equipe separada realizou uma operação semelhante na luxuosa mansão pertencente ao proprietário da DD Medical Supplies, Daniel Decker, um ex-aluno que abandonou o ensino médio e se tornou milionário, conhecido por seu estilo de vida chamativo e amor por brinquedos caros.

Enquanto os agentes do TUFF invadiam sua propriedade palaciana, Decker tentou uma corrida louca para a saída, apenas para ser derrubado no chão pela agente Jackie Ortiz. "Indo a algum lugar, garoto Danny?" Jackie provocou enquanto era algemado e arrastado para longe.

As batidas simultâneas foram o culminar de anos de investigação da procuradora dos EUA Alice Harper e sua equipe de policiais profissionais em Miami. Os esquemas fraudulentos criados pela DD Medical Supplies e suas coortes faturaram milhões do Medicare, deixando inúmeros pacientes sem os devidos cuidados.

Mas enquanto Harper examinava as evidências catalogadas nos arquivos, uma satisfação sombria tomou conta dela. A equipe do TUFF havia desferido um golpe contra o câncer da fraude na saúde, mas ela sabia que a batalha estava longe de terminar. Sempre haverá aqueles dispostos a sacrificar a integridade pela ganância.

O envolvimento do Dr. Fisher na fraude causou ondas de choque na investigação. Uma figura respeitada na ortopedia, ele construiu uma reputação com base na confiança e no cuidado com seus pacientes. Os detetives não puderam deixar de se perguntar como alguém tão conceituado poderia estar envolvido em atividades que causavam perdas significativas aos contribuintes.

À medida que se aprofundavam, os detetives descobriram transações suspeitas e irregularidades em torno da DD Medical Supply e do consultório ortopédico do Dr. Fisher. Eles vasculharam meticulosamente pilhas de documentos, cruzando registros de faturamento e depoimentos de pacientes para reunir as evidências necessárias para construir seu caso.

Seus esforços não foram em vão. As peças do quebra-cabeça começaram a se encaixar, revelando um esquema complexo envolvendo várias partes. A DD Medical Supply parecia estar cobrando do Medicare e das seguradoras privadas milhões de dólares em equipamentos médicos desnecessários ou inexistentes. Enquanto isso, o consultório ortopédico do Dr. Fisher parecia cúmplice da operação, potencialmente se beneficiando das transações fraudulentas.

Com cada evidência, eles descobriram, o escopo da fraude tornou-se cada vez mais aparente. Julian Pratt e Jackie Ortiz descobriram uma rede de empresas interconectadas, cada uma desempenhando um papel no elaborado esquema para fraudar o sistema de saúde. Entre essas entidades estava a Mas Medical Supply Inc., uma empresa relativamente nova que faturou mais de vinte milhões de dólares em menos de um ano por serviços duvidosos. A audácia de suas operações surpreendeu até mesmo os investigadores mais experientes.

Os detetives Julian Pratt e Jackie Ortiz entenderam a gravidade de sua tarefa. Eles não estavam apenas buscando justiça para os contribuintes que foram vítimas desse golpe maciço, mas também com o objetivo de restaurar a integridade do sistema de saúde. Os efeitos cascata de tal fraude generalizada se estenderam além das perdas monetárias; Eles minaram a confiança entre pacientes e profissionais de saúde, manchando a reputação de uma indústria construída sobre o princípio de cuidado e cura.

Enquanto a força-tarefa realizava as incursões nas empresas de suprimentos médicos suspeitas de fraude, eles encontraram um obstáculo inesperado na Mas Medical Supply Inc. Seu plano de pegar o proprietário em flagrante foi frustrado; ele não estava em lugar nenhum. Em vez disso, eles foram recebidos por uma recepcionista que parecia alheia à situação que se desenrolava ao seu redor. A linguagem provou ser outra barreira, pois ela só conseguia se comunicar em um idioma que os detetives não entendiam.

Sem se deixar abater pela barreira do idioma, um detetive de língua espanhola deu um passo à frente para preencher a lacuna. Ele calmamente explicou à recepcionista, em sua língua nativa, o propósito de sua presença. Com uma mistura de confusão e apreensão, ela ouviu atentamente enquanto o detetive a informava que eles estavam apreendendo documentos e computadores como prova. Ele entregou a ela um cartão e a instruiu a passar a mensagem para seu chefe, instando-o a entrar em contato com a força-tarefa do sul da Flórida.

Apesar do encontro inicial, o líder da força-tarefa não conseguia se livrar da sensação de que havia mais neste escritório aparentemente inócuo do que aparentava. Ele tinha uma intuição tácita de que o dono da Mas Medical Supply Inc. estava escondendo algo significativo. Determinado a não deixar que pistas em potencial escapassem por entre os dedos, ele deixou um grupo de detetives para trás no escritório, esperando pacientemente o retorno do proprietário.

À medida que a investigação se aprofundava na Mas Medical Supply Inc., tornou-se evidente que este escritório era diferente de qualquer outro que eles haviam encontrado. Julian Pratt e Jackie Ortiz questionaram meticulosamente os médicos que supostamente prescreveram suprimentos para inúmeros pacientes associados à empresa. Surpreendentemente, os médicos alegaram não saber sobre a Mas Medical Supply Inc. Era como se a empresa existisse apenas nas sombras, operando sem deixar rastros.

As peças do quebra-cabeça começaram a se encaixar.

Os pacientes também nunca receberam nenhum suprimento ou serviço da Mas Medical Supply Inc. Eles ficaram perplexos, sua confiança destruída, quando perceberam que haviam se tornado involuntariamente peões em um esquema orquestrado por manipuladores sem rosto. A promessa de equipamentos médicos foi pendurada diante deles, seduzindo-os a fornecer suas informações pessoais e de saúde. Os pacientes contaram seus encontros com operadores de telemarketing que os contataram, oferecendo serviços que pareciam bons demais para ser verdade.

O detetive ouviu atentamente enquanto uma paciente, assombrada por sua experiência, compartilhava sua história. Ela descreveu as táticas persuasivas empregadas pelos operadores de telemarketing, sua capacidade de extrair detalhes pessoais e as falsas promessas que fizeram. Cada palavra deixava claro que a Mas Medical Supplies Inc. operava como uma empresa fantasma, atacando indivíduos vulneráveis e explorando o sistema de saúde para ganho pessoal.

Ao contrário das empresas legítimas de suprimentos médicos que entregavam diligentemente equipamentos aos beneficiários, a Mas Medical Supplies Inc. nunca havia enviado nada a ninguém. Eles cinicamente embolsaram os fundos para serviços de saúde, desaparecendo sem deixar vestígios. A escala do engano foi impressionante, pois a investigação revelou uma teia de conexões entre médicos, seus familiares e amigos, todos cúmplices desse intrincado esquema.

A realização das atividades fraudulentas da Mas Medical Supplies Inc. enviou ondas de choque através da força-tarefa. Eles haviam encontrado seu quinhão de operações ilícitas, mas esta era particularmente insidiosa. A empresa operou com astúcia e precisão, não deixando espaço para detecção. Foi um lembrete gritante de até onde os indivíduos iriam para explorar um sistema projetado para fornecer cuidados e apoio.

À medida que as evidências contra a Mas Medical Supplies Inc. aumentavam, os detetives documentaram meticulosamente cada etapa de sua investigação. Eles descobriram um rastro de transações financeiras, registros de comunicação e depoimentos de testemunhas que desvendaram com precisão o intrincado esquema. Seus esforços incansáveis começaram a revelar os indivíduos por trás da empresa fantasma, embora soubessem que a jornada para levá-los à justiça seria árdua.

Com o fechamento da Mas Medical Supplies Inc., a força-tarefa desferiu um golpe significativo contra as atividades fraudulentas que assolam o sistema de saúde. Seu trabalho estava longe de terminar, mas o desmantelamento dessa empresa fantasma marcou um ponto de virada em sua busca por justiça. A força-tarefa sabia que suas descobertas serviriam como base para expor a rede mais ampla de engano e manipulação que ameaçava a integridade do setor de saúde.

Os pacientes, que involuntariamente se tornaram vítimas das maquinações da Mas Medical Supplies Inc., foram deixados para lidar com as consequências. Sua confiança havia sido destruída e agora eles enfrentavam a difícil tarefa de reconstruir sua confiança em um sistema que havia falhado com eles. A investigação ofereceu um vislumbre de esperança, uma garantia de que os responsáveis seriam responsabilizados e o sistema de saúde seria protegido de tal exploração flagrante no futuro.

À medida que a força-tarefa compilava metodicamente suas descobertas e se preparava para apresentar seu caso, eles foram alimentados por um renovado senso de propósito. A exposição da Mas Medical Supplies Inc. revelou a verdadeira natureza da fraude que envolveu inúmeros indivíduos e desviou fundos do sistema de saúde. Sua determinação em trazer justiça aos envolvidos brilhou mais do que nunca enquanto avançavam, comprometidos em descobrir toda a extensão das operações dessa empresa fantasma e garantir que os perpetradores enfrentassem as consequências de suas ações.

A força-tarefa se reuniu em sua sala de conferências, o ar elétrico com expectativa. A detetive Jackie Ortiz, com os olhos ardendo de determinação, fixou a última evidência em seu extenso conselho de investigação.

"É isso, equipe", declarou ela, sua voz trêmula com

paixão mal contida. "Temos a Mas Medical Supplies Inc. encurralada."

O detetive Mike Reeves acenou com a cabeça, seu rosto envelhecido gravado com determinação. "Tem sido um longo caminho, mas finalmente vamos expor esses abutres pelo que eles são."

Enquanto ensaiavam sua apresentação, a gravidade de sua descoberta pesava muito sobre cada membro. A Mas Medical Supplies Inc., uma empresa fantasma que se infiltrou no sistema de saúde, cobrou milhões de vítimas inocentes e desviou fundos cruciais daqueles que mais precisavam.

A equipe trabalhou incansavelmente durante a noite, alimentada por café e uma sede insaciável de justiça. Eles meticulosamente conectaram os pontos, revelando uma teia de enganos que se estendia muito além do que eles haviam imaginado inicialmente.

O amanhecer quebrou quando eles colocaram as mudanças finais em seu caso. Jackie estava diante de seus colegas, sua voz trêmula de emoção. "O que fazemos hoje não é apenas sobre números em uma planilha. É sobre as vidas destruídas, a confiança destruída e o sistema corrompido. Devemos a todas as vítimas ver isso."

Ao chamarem seus superiores e outros membros da força-tarefa para apresentar suas descobertas, um fogo ardia em seus corações. A força-tarefa sabia que este era mais do que apenas mais um caso - era uma cruzada contra aqueles que atacariam os vulneráveis.

Na sala de apresentação, diante de funcionários de rosto severo, a paixão do detetive Jackie Ortiz incendiou a sala. Ela pintou um quadro vívido das operações insidiosas da Mas Medical Supplies Inc., suas palavras um grito de guerra por justiça.

A cada revelação, as expressões dos funcionários mudavam de ceticismo para choque, depois para determinação feroz. A força-tarefa não havia apenas construído um caso; eles haviam desencadeado um movimento.

Ao concluirem, um aplauso estrondoso encheu a sala. O detetive Reeves chamou a atenção do agente Chen, um entendimento silencioso passando entre eles. Este foi apenas o começo. Eles perseguiriam todas as pistas, descobririam todos os conspiradores e desmantelariam esse império fraudulento peça por peça.

A força-tarefa deixou o prédio, seus passos leves, mas proposital. Eles conheciam os desafios à sua frente, mas sua determinação era inabalável. Pois em suas mãos, eles tinham o poder de corrigir um erro terrível e restaurar a fé em um sistema destinado a curar, não prejudicar.

Sua luta contra a Mas Medical Supplies Inc. tornou-se mais do que uma investigação - foi uma prova do poder duradouro da justiça e do espírito inabalável daqueles que a defendem.

Capítulo 6

DESMASCARANDO O SINDICATO

DOs detetives Julian Pratt e Jackie Ortiz seguiram uma trilha de papel que os levou por um labirinto de empresas de fachada, documentos falsificados e esquemas complexos de lavagem de dinheiro. Lentamente, eles descobriram como esses criminosos saqueavam sistematicamente suas vítimas e depois desapareciam antes que as autoridades pudessem se aproximar.

O que foi mais inquietante foi a precisão com que esses proprietários orquestraram seus desaparecimentos. As contas bancárias seriam limpas, os escritórios abandonados e os objetos pessoais desapareceriam - tudo em questão de dias. Era como se eles tivessem simplesmente evaporado, sem deixar pistas para trás.

A Força-Tarefa de Miami se debruçou sobre registros financeiros, entrevistou testemunhas e vasculhou dispositivos digitais, mas cada vez que pensavam que tinham uma pista, ela esfriava. Os proprietários planejaram suas fugas meticulosamente, cobrindo seus rastros a cada passo.

À medida que a investigação se arrastava, Julian Pratt e Jackie Ortiz ficavam cada vez mais frustrados. Eles sabiam que esses criminosos ainda estavam por aí em algum lugar, desfrutando dos despojos de seus ganhos ilícitos. Mas sem um único avistamento credível ou evidência tangível, apreendê-los parecia uma tarefa impossível.

À medida que a investigação se intensificava, o crime de saúde pintava um quadro preocupante. Eles notaram que três em cada cinco casos de fraude que encontraram tiveram um resultado perturbadoramente comum - os proprietários responsáveis desapareceriam, deixando para trás apenas os sonhos despedaçados e as vidas devastadas de suas vítimas.

Essa realidade ressaltou o imenso desafio enfrentado por Julian e Jackie. Esses criminosos, movidos pela ganância e pelo desrespeito pelo bem-estar dos outros, planejaram meticulosamente seus esquemas, acumularam ganhos ilícitos e depois desapareceram sem deixar vestígios quando suas atividades fraudulentas foram finalmente descobertas.

As vítimas, tendo confiado a esses indivíduos inescrupulosos suas economias ou investimentos de uma vida, foram deixadas para juntar os pedaços, muitas vezes com poucos recursos ou esperança de recuperar suas perdas. Esse padrão destacou a necessidade de leis mais fortes, melhores ferramentas de investigação e maior colaboração entre as autoridades para combater a crescente epidemia de crimes financeiros.

Apesar das estatísticas preocupantes, a Força-Tarefa de Miami permaneceu implacável. Impulsionada por um compromisso inabalável de buscar justiça e responsabilizar esses criminosos de colarinho branco, a equipe sabia que seu trabalho, embora árduo, era essencial para fornecer encerramento e restituição para aqueles cujas vidas haviam sido devastadas pelas ações desses indivíduos sem escrúpulos.

Dos quinze indivíduos apreendidos, quatro eram potencialmente atores-chave em uma única empresa que operava no condado de Dade. Esses indivíduos eram suspeitos de usar quatro empresas fictícias de equipamentos médicos duráveis para cobrar fraudulentamente do sistema médico impressionantes vinte e cinco milhões de dólares por equipamentos nunca entregues aos pacientes. Os suspeitos e seus escritórios se encaixam no padrão que os detetives vinham perseguindo, solidificando ainda mais sua crença de que faziam parte da organização sindical de Miami.

Com a notícia das prisões se espalhando, Gabriel rapidamente entrou em ação. Ciente do significado da próxima acusação, ele entrou em contato com Michael. Sua prioridade era garantir que os quatro indivíduos tivessem advogados competentes presentes durante a audiência, permitindo-lhes garantir uma fiança.

O tempo era essencial, e Gabriel sabia que tinha que se mover rápido. Ele entrou em contato com sua rede de advogados de defesa criminal, explicou a situação e pediu sua ajuda. Vários concordaram em estar na audiência.

Enquanto isso, os detetives dedicados vasculharam meticulosamente um volume esmagador de documentos, computadores e transações bancárias apreendidos durante as invasões. Cada evidência foi examinada, catalogada e analisada em sua busca incansável pela verdade. Além disso, eles procuraram assistência do escritório de aluguel, na esperança de obter valiosas imagens de vigilância por vídeo para esclarecer as operações criminosas e potencialmente revelar outros indivíduos que frequentaram as instalações. Cada pista foi perseguida com determinação inabalável.

Simultaneamente, os detetives empregaram uma abordagem estratégica no Centro de Detenção Federal para coletar mais informações dos indivíduos presos. Aplicando pressão durante as entrevistas, eles procuraram descobrir informações valiosas que poderiam ajudar a desvendar o enredo completo das organizações ilícitas. A detetive Jackie

Ortiz observou com intriga que alguns dos indivíduos presos exibiam proficiência limitada em inglês, indicando uma característica comum e sugerindo que eles poderiam ser membros de uma organização. O fato de muitos proprietários de empresas de suprimentos médicos terem residido no país por um período relativamente curto intrigou os detetives, levantando questões sobre o modus operandi dos indivíduos e seus objetivos gerais.

À medida que a investigação se desenrolava, os detetives se viram à beira de descobrir toda a extensão das atividades de fraude na saúde em Miami. Eles entenderam a importância de conectar todos os pontos, montando o quebra-cabeça que exporia a intrincada teia de engano e exploração do sindicato. A acusação iminente e os procedimentos legais subsequentes apresentaram uma oportunidade crítica para reunir mais informações e construir um caso mais forte contra os mentores da organização.

A força-tarefa permaneceu vigilante, ciente de que seu trabalho estava longe de terminar. Eles sabiam que desmantelar a organização em Miami exigia um compromisso inabalável e uma busca incansável pela verdade. A cada dia que passava, os detetives ficavam mais perto de descobrir o funcionamento interno dessas organizações, determinados a expor toda a extensão de seus crimes e garantir que os responsáveis enfrentassem as consequências de suas ações.

Os detetives Julian Pratt e Jackie Ortiz se apoiaram em

sua experiência, intuição e determinação coletiva em meio à incerteza. Essas organizações criminosas permaneceram evasivas, mas agora a força-tarefa as tinha em vista. À medida que se aprofundavam na fraude na saúde e nos mentores criminosos por trás dela, eles estavam preparados para fazer o que fosse necessário para desmantelar o império do crime e restaurar a justiça no sistema de saúde no sur da Flórida.

À medida que a acusação se desenrolava, você poderia cortar a hostilidade no tribunal com uma faca. Um por um, os réus ficaram diante do juiz, cada um se declarando inocente. Seus advogados apresentaram argumentos, tentando garantir fianças e resultados favoráveis para seus clientes.

Do outro lado do corredor, o procurador dos EUA, armado com uma riqueza de evidências e uma determinação inabalável de buscar justiça, lutou veementemente para manter cada indivíduo sem fiança, aguardando uma data de julgamento. A postura inabalável do promotor refletiu a gravidade das acusações e a necessidade de garantir a presença dos réus em seus próximos julgamentos.

O vaivém entre a defesa e a acusação foi intenso, com ambos os lados fazendo apelos apaixonados ao juiz. A defesa defendeu os direitos de seu cliente, citando circunstâncias atenuantes e a presunção de inocência, enquanto o procurador dos EUA rebateu com o risco de fuga e o perigo potencial para a comunidade.

Enquanto o juiz considerava cuidadosamente os argumentos, os réus sentaram-se em silêncio, seus rostos traindo uma mistura de apreensão e desafio. O tribunal estava cheio do atrito inconfundível da batalha legal que se desenrolava, cada lado competindo pela vantagem.

No final, as decisões do juiz refletiram o delicado equilíbrio entre defender os direitos do acusado e garantir a segurança da comunidade. Alguns réus receberam fianças, enquanto outros foram mantidos sob custódia - uma decisão que moldaria a trajetória dos casos no futuro.

O procurador dos EUA, implacável, continuou a avançar, determinado a levar esses indivíduos à justiça, apesar dos desafios que estavam por vir.

Os detetives Julian e Jackie trocaram um olhar conhecedor. Eles entenderam que a acusação era apenas o começo; A verdadeira batalha estava por vir enquanto navegavam em águas traiçoeiras, cada movimento deles examinado por aqueles que procuravam proteger os segredos dessas organizações. Mas eles estavam preparados. Com estratégia, desenvoltura e determinação inabalável, eles estavam prontos para expor o funcionamento interno dos criminosos e garantir que a justiça prevalecesse.

À medida que a poeira baixava da acusação, a força-tarefa mergulhou mais fundo no mar de evidências coletadas durante as invasões. Sua missão permaneceu clara: desvendar o enredo completo dessas organizações e levar todos os envolvidos à justiça. Os inúmeros documentos, computadores e transações bancárias forneciam uma riqueza de informações, mas era como procurar uma agulha no palheiro.

A força-tarefa vasculhou meticulosamente cada evidência, com Julian Pratt vinculando as transações financeiras aos indivíduos envolvidos. Eles seguiram a trilha do dinheiro, montando uma complexa teia de enganos financeiros que se estendia muito além do que eles haviam previsto inicialmente. Tornou-se evidente que as operações do sindicato não se limitavam a algumas empresas fraudulentas de suprimentos médicos, mas sim a uma ampla rede envolvendo vários atores em vários setores.

Simultaneamente, a força-tarefa realizou extensas entrevistas com os indivíduos presos, aplicando pressão para obter qualquer informação adicional que pudesse lançar luz sobre o funcionamento do círculo interno. Eles investigaram suas conexões, papéis dentro da organização e qualquer conhecimento que possuíssem sobre a figura indescritível que até agora havia conseguido escapar da captura. Cada entrevista era uma dança delicada, exigindo um equilíbrio entre coerção e empatia para extrair a verdade.

À medida que Julian e Jackie se aprofundavam, eles descobriram um padrão preocupante. Muitos proprietários de empresas de suprimentos médicos, incluindo aqueles presos recentemente, residiram no país apenas brevemente. Essa revelação aumentou as suspeitas de que uma organização empregava indivíduos transitórios, garantindo que eles pudessem desaparecer rapidamente caso a polícia chegasse muito perto. Foi uma estratégia calculada que permitiu ao sindicato permanecer um passo à frente de seus perseguidores.

As evidências também apontaram para a exploração sistemática de indivíduos vulneráveis. Os pacientes que, sem saber, se tornaram peões nos esquemas do sindicato relataram experiências semelhantes. Eles foram contatados por operadores de telemarketing prometendo serviços e equipamentos médicos, apenas para descobrir que nada foi entregue. O sindicato havia se aproveitado insensivelmente de sua confiança e informações pessoais de saúde, embolsando os fundos destinados a seus cuidados. Essa traição insensível deixou os detetives ainda mais determinados a levar o sindicato à justiça.

A força-tarefa ligou os pontos à medida que os dias se transformavam em semanas, criando uma imagem abrangente da organização criminosa. As evidências os levaram a um labirinto de identidades falsas, empresas de fachada e transações financeiras ilícitas. Ficou claro que este não era apenas um caso de atividades fraudulentas isoladas, mas um empreendimento criminoso sofisticado com tentáculos que atingiam vários setores.

A cada avanço, a força-tarefa ficava mais perto de identificar a figura indescritível por trás das operações do sindicato. Eles sabiam que desmascarar esse mentor era crucial para desmantelar toda a rede. A investigação consumiu todos os seus momentos de vigília, e sua dedicação permaneceu inabalável diante dos desafios crescentes.

A batalha contra esses criminosos estava longe de terminar. Os detetives estavam plenamente conscientes de que seu trabalho estava apenas começando. Eles se prepararam para a árdua jornada à frente, entendendo que derrubar essa sofisticada organização criminosa exigiria persistência, engenhosidade e comprometimento.

Enquanto cumpriam sua missão, os detetives Julian e Jackie Ortiz trabalharam incansavelmente, criando estratégias e analisando cada informação à medida que ela se desenrolava. Eles foram resolutos em expor o funcionamento interno do sindicato de Miami e levar todos os envolvidos a prestar contas por seus crimes.

A investigação os levou através de uma teia emaranhada de engano e corrupção, com cada nova pista revelando camadas mais profundas de atividades criminosas. Julian e Jackie permaneceram destemidos, meticulosamente montando o quebra-cabeça, movidos por uma determinação inabalável.

O caminho à frente era traiçoeiro, com adversários poderosos conspirando para manter suas atividades ilícitas escondidas. Mas os dois detetives se recusaram a ser intimidados, avançando implacavelmente, sua abordagem assertiva intransigente diante de ameaças e bloqueios de estradas.

À medida que se aproximavam de seus alvos, Julian e Jackie demonstraram um compromisso com sua causa, usando seu intelecto aguçado e proeza investigativa para enganar os agentes do sindicato a cada passo. As apostas eram altas, mas nunca vacilaram, decididos a garantir que aqueles que exploraram o sistema enfrentassem todas as consequências de suas ações.

Capítulo 7

DESVENDANDO A WEB

T O memorando do Congresso dos EUA para o escritório do procurador dos EUA na Flórida enviou ondas de choque através da força-tarefa de Miami que investiga fraudes na saúde no sul da Flórida. À medida que a magnitude das redes criminosas se tornou conhecida, os detetives se viram confrontados com um novo nível de complexidade e perigo em sua busca por justiça.

"O envolvimento do governo cubano em facilitar os fraudadores adiciona uma camada de intriga", disse Julian, com a testa franzida em preocupação.

Jackie recostou-se na cadeira, sua expressão grave.

"A única explicação plausível que posso ver é que é simplesmente uma questão de fechar os olhos para os fugitivos", ela respondeu com franqueza.

Os dois detetives experientes tinham visto seu quinhão de corrupção, mas esse era um nível totalmente novo. O esquema de fraude na saúde era vasto, envolvendo empresas de fachada e contas offshore, com Miami como marco zero.

"Eles devem estar recebendo algo em troca", murmurou Julian, sua mente correndo com possibilidades. "O que o governo cubano poderia ganhar com a proteção desses criminosos?" Jackie balançou a cabeça. "Eu não sei, mas é complicado."

O memorando também relatou uma perda anual estimada de mais de dois bilhões de dólares devido à fraude, e a urgência de agir cresceu exponencialmente. O memorando serviu como um lembrete gritante da magnitude do crime e seu impacto devastador sobre os contribuintes e o sistema de saúde no sul da Flórida. Foi um apelo à ação, instando as autoridades locais a intensificar seus esforços e levar os responsáveis à justiça.

A determinação da força-tarefa foi inabalável, mas suas mãos estavam atadas quando o juiz não pôde conceder seu pedido para revogar as fianças dos suspeitos que provavelmente escapariam. A ausência de fundamentos legais para tal pedido ressaltou a complexidade da investigação. No entanto, esse revés apenas alimentou a determinação dos detetives de cavar mais fundo e descobrir a verdade.

À medida que a investigação chegava a um momento crucial, os detetives começaram a confirmar suas hipóteses sobre a rede criminosa. Os suspeitos chegaram ao país nos últimos dois anos, e seu envolvimento em fraudes na área da saúde e lavagem de dinheiro acrescentou outra camada de complexidade ao caso. Os fundos ilícitos foram ocultados por meio de vários métodos, tornando difícil rastrear suas origens.

A força-tarefa intensificou sua vigilância sobre os indivíduos libertados sob fiança, observando atentamente suas interações com outros veículos e documentando evidências cruciais. Os dados sobre placas de carros e inteligência coletados em operações secretas foram fundamentais para desvendar o engano que os suspeitos haviam tecido cuidadosamente.

Ligar os pontos provou ser meticuloso, exigindo paciência e precisão. A força-tarefa vasculhou montanhas de dados, procurando padrões e links que os levariam ao coração das operações do sindicato de Miami. Cada peça de evidência era como um quebra-cabeça, esperando para ser colocada em seu devido lugar.

À medida que Julian Pratt e Jackie Ortiz se aprofundavam em sua análise, eles fizeram uma descoberta impressionante. As informações que eles coletaram não apenas implicaram os suspeitos no esquema de fraude na saúde, mas também revelaram ligações com membros de uma notória organização criminosa com sede em Miami. A web se expandiu, expondo tentáculos de corrupção e engano que se estendiam muito além de suas suspeitas iniciais.

A força-tarefa entendeu a gravidade de suas descobertas e a necessidade de máxima discrição. Eles sabiam que a organização criminosa não pararia por nada para proteger seus interesses, e qualquer passo em falso poderia comprometer a investigação e colocar vidas inocentes em risco.

Com o quebra-cabeça tomando forma lentamente, a força-tarefa coordenou seus esforços, elaborando um plano para derrubar a rede criminosa de uma vez por todas. Eles sabiam que o caminho à frente seria traiçoeiro, mas foram alimentados por seu compromisso inabalável com a justiça e seu desejo de proteger os vulneráveis.

As evidências coletadas durante a vigilância forneceram o avanço tão necessário, ligando os suspeitos a uma notória organização criminosa que há muito escapava do alcance da polícia. A revelação enviou ondas de choque através da força-tarefa, confirmando seus piores medos: o alcance do sindicato se estendeu muito além do que eles haviam imaginado inicialmente.

Como detetives, Julian e Jackie sabiam que seu próximo passo seria crítico. As apostas estavam mais altas do que nunca, e qualquer passo em falso poderia deixar o sindicato escapar por entre os dedos novamente. Eles reuniram a equipe, sua determinação inabalável, e traçaram o plano que levaria os criminosos à justiça.

A força-tarefa teve que agir com cuidado, navegando em um mundo perigoso de crime e corrupção. Cada membro da equipe entendeu os riscos, mas foi resoluto em seu compromisso de proteger os inocentes e restaurar a integridade do sistema de saúde.

Enquanto a lua pairava baixa no céu noturno, a força-tarefa se reuniu em seu ponto de encontro designado. Julian Pratt sabia que essa operação poderia ser o ponto de virada em sua investigação. Os suspeitos eram astutos e engenhosos, e o elemento surpresa seria sua arma mais potente.

Julian Pratt e Jackie Ortiz planejaram meticulosamente cada operação, reunindo informações sobre as rotinas e vulnerabilidades dos suspeitos. Eles sabiam que pegar os criminosos desprevenidos era crucial para garantir uma operação tranquila e bem-sucedida. A equipe se dividiu em grupos, cada um atribuído a um alvo diferente.

Os primeiros raios do amanhecer ainda estavam a horas de distância quando a força-tarefa se aproximou silenciosamente dos esconderijos dos suspeitos. A adrenalina corria em suas veias enquanto vestiam seu equipamento tático, prontos para enfrentar o que quer que estivesse por vir. Com um aceno final de segurança, eles se mudaram.

No primeiro local, a residência do suspeito estava quieta, aparentemente inconsciente da tempestade iminente. A equipe rapidamente cercou o prédio, assumindo posições estratégicas para cobrir todas as rotas de fuga possíveis. Com um sinal sincronizado, eles irromperam pelas portas, gritando para que todos descessem.

Lá dentro, os suspeitos foram pegos de surpresa, seus rostos uma mistura de choque e medo. Seus planos de fugir da justiça foram frustrados e agora se encontravam à mercê da lei. Julian Pratt e Jackie Ortiz moveram-se com precisão, obtendo evidências e levando os suspeitos sob custódia.

Em toda a cidade, cenas semelhantes ocorreram em cada local enquanto a força-tarefa executava seu plano bem coordenado. Cada ataque exigia uma tomada de decisão em frações de segundo, enquanto os suspeitos tentavam fugir ou esconder evidências. Mas os detetives foram implacáveis, seu treinamento e experiência os guiaram pelo caos.

A cada ataque bem-sucedido, a força-tarefa ficava mais confiante de que estava desmantelando o coração da rede criminosa. Mas seu trabalho estava longe de terminar. Os suspeitos eram apenas peões em um jogo muito maior, e os verdadeiros mestres das marionetes ainda estavam por aí, puxando as cordas das sombras.

Enquanto os detetives montavam o quebra-cabeça, a

mortalha que escondia as operações ilícitas começou a se levantar. A teia de enganos que havia enredado inúmeras vítimas agora estava se desfazendo, revelando as verdadeiras faces por trás do esquema de lavagem de dinheiro por fraude na saúde.

Quando o sol nasceu, os detetives ficaram chocados com os documentos apreendidos. Destacou-se um livro contábil repleto de registros meticulosos de dinheiro devido e a ser cobrado. Um nome apareceu repetidamente - PMC. Foi listado ao lado de somas substanciais de dinheiro. Os detetives trocaram um olhar, suas suspeitas despertadas. Era mais do que óbvio: esta era uma operação de sindicato bem ajustada com uma ligação clara entre o PMC e as transações monetárias.

Mais abaixo na lista, outro nome chamou sua atenção - um restaurante em Little Havana. Cozinha cubana de Raúl.

Sem hesitar, Julian e Jackie decidiram que este restaurante seria o ponto de partida perfeito para sua operação de investigação e vigilância do Miami Syndicate. Eles sabiam que seria uma presa fácil, um alvo fácil que provavelmente tinha seus dedos em todos os tipos de atividades ilícitas.

Eles precisavam seguir a trilha, desvendar o mistério e ver aonde ele levava. O que quer que estivesse acontecendo, estava fadado a ser grande - e potencialmente perigoso.

Com o sol agora alto no céu, a força-tarefa voltou ao

seu quartel-general, pronta para se aprofundar em sua investigação. As evidências que eles apreenderam durante as invasões foram apenas o começo - um vislumbre da complexa rede que atormentou o sul da Flórida.

Julian e o resto da equipe sabiam que sua jornada para derrubar o sindicato de Miami estava longe de terminar. Os criminosos que eles prenderam eram apenas uma pequena parte de um quebra-cabeça maior, e eles estavam preparados para fazer o que fosse preciso para expor os verdadeiros mentores por trás do esquema de fraude e lavagem de dinheiro na saúde.

Quando o dia se transformou em noite, a força-tarefa continuou seu trabalho nas sombras, sua determinação inabalável. Eles sabiam que a luta por justiça era árdua, mas foram alimentados pelo conhecimento de que seus esforços protegeriam inúmeras vidas inocentes e restaurariam a integridade do sistema de saúde no sul da Flórida.

A cada dia que passava, eles se aproximavam da verdade, um passo mais perto de colocar o sindicato de Miami de joelhos. Enquanto a escuridão persistisse, a força-tarefa estaria lá, pronta para iluminar e desvendar os segredos que estavam escondidos por muito tempo.

Capítulo 8

UMA ALIANÇA DISTORCIDA

UmQuando a investigação sobre o sindicato de Miami se intensificou, a força-tarefa enfrentou adversários formidáveis e uma luta interna que testou a base de sua unidade. A revelação de uma possível toupeira dentro de suas fileiras enviou ondas de choque pela equipe, deixando-os cautelosos uns com os outros e sem saber em quem podiam confiar. Em tempos de crise, sua força como equipe foi mais crítica do que nunca. Cada detetive sabia que tinha que deixar de lado suas dúvidas e suspeitas para se concentrar em seu objetivo comum: desmantelar a rede criminosa responsável por fraudes na saúde no sul da Flórida. Eles entenderam que o poder de seu esforço coletivo superava em muito quaisquer contribuições individuais.

Julian Pratt e Jackie Ortiz, como os principais detetives da força-tarefa, assumiram a responsabilidade de reforçar o ânimo da equipe e reforçar o vínculo que os mantinha unidos. Eles organizaram exercícios de formação de equipes, incentivando a comunicação aberta e promovendo um ambiente de confiança e apoio. Eles lembraram a seus colegas detetives que estavam todos juntos nessa luta, ombro a ombro contra aqueles que procuravam explorar os vulneráveis.

Em seus momentos mais sombrios, a força-tarefa se apoiou em busca de apoio. Eles compartilharam seus medos e vulnerabilidades, reconhecendo que se sentir incerto diante de tal traição era natural. Mas eles também lembraram uns aos outros das inúmeras vidas que poderiam salvar e do impacto que poderiam ter na restauração da integridade do sistema de saúde.

Apesar das sombras do engano pairando sobre o alto, a força-tarefa se recusou a sucumbir ao medo ou ao desespero. Eles tiraram força de saber que sua causa era justa e sua dedicação à verdade prevaleceria. Eles sabiam que a adversidade poderia separá-los ou fortalecer sua determinação, e escolheram a última.

Durante a vigilância no Raul's Cuban Cuisine, eles notaram um deles entrando no estabelecimento várias vezes e conversando com o proprietário. Isso poderia ser uma coincidência ou algo mais estava acontecendo a portas fechadas?

A força-tarefa assistiu atentamente enquanto o detetive Scott Anderson, um detetive experiente de quase cinquenta anos com constituição média, bigode e barba, entrava no restaurante pela terceira vez naquela semana. Ele parecia casual, até amigável, enquanto conversava com o proprietário e a equipe. A incerteza tomou conta da equipe quando eles perceberam que seus segredos mais íntimos poderiam ter sido comprometidos.

A investigação sobre fraude na saúde no sul da Flórida estava progredindo sem problemas, ou assim parecia. O detetive Julian Pratt vinha trabalhando incansavelmente para desvendar a teia emaranhada de atividades ilícitas, não deixando pedra sobre pedra.

Enquanto isso, os padrões e comportamentos dos suspeitos se tornaram um ponto focal na investigação. Os detetives notaram um traço comum: os suspeitos frequentavam o restaurante Raul's perto do centro de Miami.

Raul Dominguez, um homem latino de sessenta e poucos anos, um pouco acima do peso e aparentemente despretensioso, era conhecido por organizar eventos de caridade com a presença de políticos locais e policiais. Os detetives ficaram de olho em seus restaurantes, monitorando cuidadosamente suas atividades. Não demorou muito para que eles avistassem um homem bem vestido em um elegante Mercedes-Benz 500SL preto, constantemente se envolvendo com os proprietários e funcionários, quase como se ele fosse o dono do lugar.

Esse indivíduo bem vestido imediatamente se tornou uma pessoa de interesse, um alvo de sua investigação. Eles o observaram fazendo visitas frequentes, participando de conversas silenciosas e trocando o que pareciam ser grandes somas de dinheiro. Os detetives não puderam deixar de se perguntar sobre seu relacionamento com Raul, o dono do restaurante.

À medida que cavavam mais fundo, um padrão surgiu. O homem na Mercedes parecia ter uma influência estranha sobre os vários estabelecimentos, quase como se estivesse dando as ordens. Os detetives suspeitaram que ele pudesse estar envolvido em atividades ilícitas, usando os restaurantes como fachadas para uma empresa criminosa maior.

Trabalhando incansavelmente para reunir mais evidências, Julian e Jackie mergulharam mais fundo no mundo obscuro do engano e da traição, na esperança de capturar quaisquer interações incriminatórias. Tarde da noite, escondidos em uma van sem identificação, eles observaram políticos e policiais entrarem no restaurante para um dos eventos de caridade. Entre eles estava o detetive Anderson, causando um arrepio na espinha de Jackie.

A visão provocou uma tensa troca de olhares entre Jackie e Julian, que compartilhavam sua apreensão. À medida que o evento de caridade avançava, eles continuaram a observar, os sentidos em alerta máximo. A camaradagem entre o detetive Anderson e o dono do restaurante parecia muito ensaiada, muito casual.

"Precisamos confrontá-lo", sussurrou Jackie, quase inaudível. Julian assentiu, mandíbula cerrada em determinação. "Não podemos deixar isso continuar. Vamos esperar o momento certo."

À medida que a noite avançava, eles esperavam o tempo, buscando a oportunidade perfeita para confrontar o suspeito traidor sem levantar suspeitas. Seus corações batiam com antecipação e apreensão, sabendo que suas ações poderiam justificar seu colega ou revelar um traidor.

O envolvimento de Raúl Dominquez em eventos de caridade para políticos e policiais mascarou uma verdade mais sombria: seus laços com o submundo do crime eram profundos. Agora, com os documentos apreendidos revelando transações de dinheiro, surgiram questões sobre as motivações do PMC e seus benefícios para os políticos.

O estabelecimento do dono do restaurante serviu como um refúgio para políticos e policiais, promovendo um ambiente onde assuntos delicados podiam ser discutidos livremente.

Um agente da força-tarefa de Miami se viu enredado nessa teia de enganos. As crescentes dívidas de jogo deixaram o detetive Anderson vulnerável, e o dono do restaurante viu uma oportunidade de explorar sua situação precária.

Preso e desesperado para apagar suas dívidas enquanto preservava sua reputação, o detetive Anderson recorreu ao dono do restaurante em busca de alívio financeiro. Sem que ele soubesse, o custo dessa barganha foi sua lealdade à rede criminosa.

Em troca de assistência financeira, ele involuntariamente se tornou um canal de informações confidenciais, fornecendo ao sindicato informações críticas sobre a investigação da força-tarefa.

Capítulo 9

DECEPÇÃO DESVENDADA

T A força-tarefa se viu em um momento crucial em sua investigação do sindicato de Miami. Apesar da revelação chocante de uma toupeira dentro de suas fileiras, sua determinação de desmantelar a rede criminosa permaneceu firme.

Mergulhando profundamente nas intrincadas trilhas de papel e fluxos de dinheiro, os detetives Julian e Jackie concentraram seus esforços em vários escritórios de cobrança médica associados às empresas fraudulentas de suprimentos médicos. Seu objetivo era verificar se esses escritórios eram cúmplices do golpe ou simplesmente desconheciam as atividades ilícitas do sindicato.

O elegante Mercedes 500SL preto de Michael tornou-se um emblema de poder e influência dentro do sindicato de Miami. Sua presença em várias cenas de crime levantou suspeitas entre a força-tarefa, lançando Michael como um suspeito-chave em sua investigação. Intensificando seus esforços de vigilância, os detetives estavam determinados a pegá-lo em flagrante e levá-lo à justiça.

Sua afiliação com o restaurante Raul's, suspeito de ser uma fachada para o sindicato, apenas aumentou as evidências crescentes contra ele. Raul astutamente se posicionou como uma figura respeitada da comunidade, organizando eventos de caridade que atraíram a atenção de políticos locais e policiais.

A associação de Michael com o restaurante proporcionou-lhe um disfarce conveniente para interagir abertamente com políticos e policiais. Uma investigação mais aprofundada revelou que algumas dessas interações envolveram a troca de informações confidenciais, aprofundando as suspeitas sobre os motivos de Michael.

O detetive Julian estava decidido a descobrir o papel de Michael dentro do Sindicato de Miami. Ele montou uma equipe de vigilância qualificada que se reportava diretamente a ele, encarregada de documentar meticulosamente todas as visitas de Michael ao restaurante.

A equipe às vezes seguia Michael, seguindo-o para reuniões com o notório Raul Dominguez e outros personagens suspeitos. Eles os observaram em conversas secretas, notando os olhares desconfiados que sugeriam os altos riscos envolvidos.

À medida que os dias se transformavam em semanas, os esforços de vigilância se intensificaram, revelando um padrão discernível no comportamento de Michael. O restaurante emergiu como um ponto de encontro consistente, onde Michael se encontrava com associados e realizava telefonemas enigmáticos em cantos isolados. O detetive Julian e sua equipe estavam confiantes de que estavam no caminho certo.

No entanto, pegar Michael em flagrante provou ser mais desafiador do que o previsto. Ele era cauteloso e calculista, sempre evitando o envolvimento direto em atividades ilegais. Os detetives tiveram que ser pacientes, esperando o momento certo para atacar.

Seus esforços incansáveis os levaram a observar Michael conversando com o gerente de uma casa de câmbio, levantando mais suspeitas sobre lavagem de dinheiro. A força-tarefa agiu rapidamente, garantindo intimações do procurador do estado para acessar os registros bancários da casa de câmbio. Eles sabiam que estavam se aproximando do sindicato de Miami, e cada evidência era crucial.

No mundo das operações secretas, a linha entre o certo e o

errado muitas vezes se confunde. Gabriel, o enigmático líder do sindicato de Miami, encontrou-se em uma encruzilhada, quebrando sua própria regra fundamental para permanecer invisível.

A mente de Gabriel disparou quando ele pegou o telefone e discou para o capitão do barco, Carlos Hernandez. O peso de sua fuga iminente pairava pesado no ar. Ele sabia dos riscos envolvidos, mas não havia como voltar atrás agora.

"Capitão Hernandez, é Gabriel", disse ele, sua voz saltando de antecipação.

"Gabriel, meu amigo", respondeu o capitão Hernandez calorosamente. "O que posso fazer por você?"

"Preciso tirar os quatro indivíduos do país", disse Gabriel em voz baixa. "Não podemos nos dar ao luxo de tê-los sendo julgados aqui. Precisamos levá-los a Cuba."

O capitão Hernandez hesitou momentaneamente antes de responder: "Você conhece os riscos que corremos sem um planejamento adequado, Gabriel."

"Eu entendo, capitão", respondeu Gabriel, determinação brilhando em seus olhos. "Mas não podemos deixá-los aqui para enfrentar as consequências. Lembre-se, é isso que fazemos. Devemos fazer isso pelo sindicato e pela nossa sobrevivência."

O capitão Hernandez suspirou, percebendo a gravidade

da situação. "Tudo bem, eu vou fazer isso, embora você tenha me dado pouco tempo para me preparar. Precisamos esperar o momento certo. Não vou arriscar a segurança da minha tripulação e do barco, a menos que tenhamos um caminho livre."

Gabriel assentiu, sua gratidão evidente. "Obrigado, capitão. Vou mantê-lo atualizado sobre a situação. Avise-me quando estiver pronto para ir."

Quando a ligação terminou, Gabriel sentiu uma mistura de alívio e ansiedade. Ele sabia que eles estavam jogando um jogo perigoso sem planejamento futuro. Este foi um trabalho apressado, mas foi um risco que eles tiveram que correr. Os indivíduos eram pontas soltas que precisavam ser amarradas antes que pudessem ameaçar as operações do sindicato.

No entanto, seus planos enfrentaram um obstáculo inesperado. Notícias de última hora revelaram que o governo cubano prendeu vários funcionários desonestos envolvidos em um esquema de ganhar dinheiro com organizações de Miami. Em resposta, Cuba declarou que não extraditaria seus cidadãos, mas qualquer indivíduo pego com grandes quantias de dinheiro enfrentaria graves consequências.

A notícia das prisões do governo cubano se espalhou como fogo pelas ruas de Miami, enviando ondas de choque de pânico e incerteza. Gabriel e Michael enfrentaram um obstáculo inesperado que ameaçou atrapalhar seus planos.

"Não podemos mais viajar livremente para Cuba", murmurou Michael, frustração evidente em sua voz. "Com o governo cubano reprimindo seus funcionários, é muito arriscado."

As sobrancelhas de Gabriel franziram enquanto ele andava de um lado para o outro, sua mente correndo por uma solução alternativa. "Também não podemos deixá-los ser julgados aqui", disse ele com firmeza. "Precisamos tirá-los do país antes da data do tribunal."

Michael observou a situação se desenrolar com um senso de urgência. A reviravolta imprevista dos acontecimentos exigiu uma ação rápida para proteger seus interesses. Não havia espaço para hesitação ou indecisão.

"Eu tenho uma ideia," Gabriel falou, sua voz firme com determinação. "Temos conexões em Chicago. Podemos providenciar novas identidades e passagem segura para os indivíduos para um lugar onde eles não possam ser rastreados até nós.

Gabriel se virou para Michael, um vislumbre de esperança em seus olhos. "Isso pode funcionar", disse ele. "Devemos agir rapidamente antes que as autoridades saibam do nosso plano."

Enquanto o sindicato mobilizava seus recursos, Gabriel contatou seu amigo em Chicago. "Temos quatro indivíduos que precisam de novas identidades e uma maneira de sair do país", explicou Gabriel em uma linha criptografada. "Você pode fazer isso acontecer?"

Seu contato hesitou momentaneamente antes de responder: "Não será fácil e não sairá barato. Mas pelo preço certo, posso providenciar tudo."

O dinheiro não era um problema para o sindicato. Eles acumularam uma riqueza considerável por meio de esquemas fraudulentos e estavam dispostos a pagar o que fosse preciso para garantir sua sobrevivência.

Com o passar das horas, a equipe do sindicato trabalhou incansavelmente para finalizar os preparativos. Passaportes falsos, novas identidades e transporte discreto foram garantidos, tudo sob o manto da escuridão.

"A casa segura estará pronta no México", acrescentou o homem. "E terei meus contatos de prontidão para fornecer proteção e apoio."

Uma semana antes da data do tribunal, os quatro indivíduos se reuniram em um local isolado, com o coração batendo de medo e expectativa. Michael se dirigiu a eles com uma expressão determinada, assegurando-lhes sua segurança.

"Nós organizamos tudo", disse Michael, com a voz firme. "Você será transportado para um lugar onde poderá começar de novo, longe dos olhos das autoridades."

Os indivíduos expressaram sua gratidão, sabendo que suas vidas estavam agora nas mãos do sindicato. Eles embarcaram em um trailer que os levaria ao seu novo destino, longe das garras da lei.

O alívio tomou conta de Michael enquanto o veículo partia noite adentro. Eles navegaram com sucesso por um caminho traiçoeiro, garantindo que os indivíduos nunca testemunhassem contra eles.

No entanto, eles sabiam que seus problemas estavam longe de terminar. A força-tarefa ainda estava em seus calcanhares.

Quando o sol nasceu no dia da data do tribunal, o futuro do sindicato estava em jogo. Eles sabiam que as autoridades não desistiriam de sua perseguição facilmente, e a batalha pela sobrevivência estava apenas começando.

Gabriel e Michael ficaram lado a lado, suas expressões resolutas e inabaláveis. Eles sabiam que sua organização enfrentava desafios sem precedentes, mas estavam determinados a superá-los.

"Vamos enfrentar essa tempestade", disse Gabriel, com a voz cheia de convicção. "Já superamos obstáculos antes e faremos isso de novo."

Michael acenou com a cabeça com um brilho de aço em seus olhos. "Somos mais fortes juntos", disse ele. "E não vamos deixar ninguém nos derrubar."

A batalha pela sobrevivência do sindicato de Miami havia chegado a um momento crítico. Traição, engano e perigo espreitavam em cada esquina, mas o sindicato estava determinado a proteger seu império a todo custo. Com os olhos no futuro, Gabriel, Michael e o PMC estavam prontos para enfrentar quaisquer desafios que estivessem por vir.

Capítulo 10

DESVENDANDO FIOS DE ENGANO

UmCom a pressão exercida sobre Gabriel e Michael, eles se viram navegando por um caminho traiçoeiro, tentando manter sua organização à tona em meio ao caos e à possibilidade de terem perdido sua rede de segurança cubana. Com o governo cubano reprimindo seus funcionários, eles não podiam mais contar com a rota de fuga fácil que já tiveram. Eles precisavam de um novo plano, e precisavam dele rapidamente.

"Não podemos arriscar levar os indivíduos de volta a Cuba com seu dinheiro agora", disse Gabriel, profundamente preocupado. "Precisamos encontrar outra maneira de tirá-los do país sem chamar a atenção."

Michael assentiu, sua mente já correndo com possibilidades. "Não podemos simplesmente entrar em qualquer aeroporto; isso é muito arriscado", disse ele. "Mas temos outras conexões que podem nos ajudar."

Os dois fundadores da PMC se amontoaram, criando estratégias e fazendo brainstorming na sala de estar do apartamento de Gabriel enquanto bebiam uma garrafa de Wood Reserve Bourbon. Eles discutiram opções variadas, pesando os riscos e recompensas de cada uma.

Enquanto deliberavam, Gabriel e Michael consideraram a possibilidade de providenciar transporte particular para os indivíduos de que precisavam para sair do país. Eles sabiam que tinham que planejar meticulosamente para evitar a detecção. Eles precisavam de um método que os mantivesse fora da rede e longe dos olhares indiscretos da polícia.

"Não podemos depender de companhias aéreas comerciais ou de qualquer transporte público", disse Gabriel, com a voz baixa e cautelosa. "Precisamos de algo que não levante suspeitas e opere fora dos canais regulares."

Gabriel estava ficando desesperado. A data do tribunal estava se aproximando e ele tinha que tirar seu povo do país rapidamente. Ele tinha um estoque de dinheiro e quatro indivíduos que precisavam de novas identidades. Ele ligou para um velho amigo em Chicago e foi direto ao ponto.

"Ei, cara, eu preciso de um favor. Você pode me ligar? Preciso de uma boa conexão no México. Tenho quatro pessoas que precisam cruzar a fronteira e também preciso de documentos falsos e de uma casa segura para eles ficarem."

"Dê-me 24 horas. Vou te enviar uma mensagem de texto com os detalhes. Apenas esteja pronto para agir rápido quando chegar a hora", respondeu seu amigo.

Gabriel desligou o telefone, seu coração disparado. Ele teve que agir rápido e confiar em seu amigo para sobreviver. Não havia como voltar atrás agora.

No dia seguinte, Gabriel recebeu a ligação que esperava. Seu amigo forneceu os detalhes sobre onde encontrar a pessoa de contato. Seria perto da fronteira, em um pequeno hotel, onde ele obteria os documentos falsos necessários para cruzar e circular livremente no México.

"A casa segura estará pronta no México", assegurou-lhe seu amigo. "E terei meus contatos de prontidão para fornecer proteção e apoio."

Gabriel sentiu uma mistura de alívio e ansiedade. Ele sabia que eles estavam jogando um jogo perigoso, mas era um risco que eles tinham que correr para garantir sua sobrevivência.

"Nós confiamos em você", disse Gabriel, gratidão em sua voz. "Você está salvando minha bunda com esta operação."

O homem riu e respondeu com uma voz firme e segura: "Mantenha-me informado. Estaremos sempre aqui para você, a apenas um telefonema de distância. Tome cuidado, Gabriel. Você está em boas mãos."

Gabriel e Michael trocaram um aceno de cabeça e sua determinação se fortaleceu. Eles haviam chegado até aqui e veriam o plano até o fim. Com a ajuda do homem e o apoio da organização mexicana, eles tiveram uma chance de lutar para executar sua operação com sucesso.

Michael ordenou que um dos membros do PMC começasse a reunir os indivíduos. Ele explicou a eles que eles sairiam em poucas horas e garantiu que tudo ficaria bem.

Gabriel sabia que o caminho à frente era traiçoeiro e eles tinham que permanecer vigilantes. Mas com seu novo aliado ao seu lado, eles tinham um vislumbre de esperança de que sua operação seria bem-sucedida.

Ouça Michael, também temos que estruturar nossa organização aqui em casa, precisamos voltar ao básico, o peso desse pensamento pairando pesadamente no ar. A possível perda de suas conexões cubanas pairava sobre eles, forçando uma reavaliação de toda a sua operação.

"Precisamos nos adaptar", disse Gabriel, seus dedos tamborilando nervosamente na bancada. "Os velhos hábitos podem ser nossa única opção agora."

Michael assentiu, seus olhos distantes. "Recrutando locais. É arriscado, mas necessário."

Eles começaram a vasculhar sua rede, identificando candidatos em potencial desesperados o suficiente para fugir do país. Cada nome adicionado à sua lista representava uma vida que eles arrancariam, um futuro que alterariam irrevogavelmente.

À medida que seu plano tomava forma, as implicações morais de suas ações tornaram-se impossíveis de ignorar. Eles estavam oferecendo uma fuga, sim, mas a que custo? A promessa de nunca mais voltar aos Estados Unidos e viver como fugitivos em Cuba pesava muito em suas consciências.

Enquanto isso, a Força-Tarefa de Miami se amontoava em seu centro de comando, com os olhos fixos nas imagens de vigilância de vários locais, especialmente do restaurante Raul's e da casa de câmbio. Entre os suspeitos que eles estavam monitorando de perto, um nome subiu consistentemente ao topo da lista: Michael. Ele era a figura central em seu perfil criminoso, conectando todas as peças do intrincado quebra-cabeça que eles estavam tentando resolver.

Ao estudarem as evidências e analisarem os dados, ficou evidente que Michael ocupava uma posição de destaque no sindicato. Ele parecia ser o cérebro por trás da operação, orquestrando as atividades fraudulentas meticulosamente. Os detetives Julian e Jackie sabiam que derrubá-lo seria crucial para desmantelar a rede criminosa.

"Ele é o chefão", comentou um detetive, olhando para seus colegas, que acenaram com a cabeça em concordância. "Se conseguirmos pegá-lo, teremos uma chance melhor de descobrir toda a extensão de sua operação."

Eles sabiam que tinham que ser cautelosos. Michael era astuto, e qualquer passo em falso poderia derrubá-lo, deixando todo o sindicato em frenesi. Os detetives traçaram estratégias, contemplando seu próximo passo.

"Ele visita o restaurante de Raúl em Little Havana com frequência", disse outro detetive. "Precisamos ficar de olho naquele lugar. Pode ser a nossa chave para chegar até ele."

O restaurante de Raul tornou-se um ponto focal em sua investigação. Parecia mais do que apenas um lugar para jantar; era um centro onde conexões e segredos eram trocados. Os detetives sabiam que, se pudessem desvendar os mistérios que cercam o restaurante, poderiam descobrir a teia indescritível de atividades criminosas.

A vigilância se intensificou, com os detetives se revezando para monitorar o restaurante 24 horas por dia. Eles observaram as interações dos clientes e funcionários, procurando por quaisquer sinais de atividade suspeita.

"Ele está lá", sussurrou um detetive, com os olhos fixos na transmissão ao vivo. "Michael acabou de entrar."

Todos eles se inclinaram, seu foco aguçando enquanto observavam Michael entrar no restaurante. Ele se moveu com confiança, trocando saudações com a equipe enquanto se dirigia a uma cabine de canto.

"Ele está se encontrando com alguém", riu o detetive. "O cara está traindo sua esposa."

Eles assistiram atentamente enquanto Michael cumprimentava sua companheira, uma mulher latina baixa e de corpo médio com cabelos loiros de 5'6 ", exatamente como eles suspeitavam. Os detetives se esforçaram para ouvir a conversa, pegando pedaços nos insetos que haviam plantado.

"Este é um caso delicado", alertou o detetive principal. "Precisamos ter cuidado para não tirar conclusões precipitadas. Pelo que sabemos, isso pode ser uma reunião de negócios ou um encontro sexual.

Quando Michael e a jovem terminaram o almoço, eles saíram para o estacionamento, com o coração acelerado de antecipação. Sem um momento de hesitação, eles se aproximaram e travaram os lábios em um abraço entusiasmado, seus corpos entrelaçados enquanto o mundo ao seu redor desaparecia.

Sem fôlego e olhando nos olhos um do outro com intensidade recém-descoberta, eles correram para a elegante Mercedes de Michael nas proximidades, ansiosos para continuar seu encontro íntimo em privacidade.

O motor ganhou vida quando Michael e Betty saíram do estacionamento do restaurante. Seu beijo apaixonado acendeu um fogo dentro deles, consumido por uma necessidade desesperada de privacidade.

Michael navegou pelas ruas da cidade com urgência, enquanto os dedos de Betty traçavam padrões em seus braços e peito. O ar estava denso de antecipação, o cheiro persistente de sua paixão pairando no veículo. A tensão surgiu entre eles - meses de olhares roubados e desejos reprimidos finalmente chegaram a um ponto de ruptura. O perfume de Betty encheu o ar, intoxicando Michael a cada respiração. Seu aperto apertou o volante com antecipação.

Seu destino era desconhecido, mas pouco importava. Tudo o que consumia seus pensamentos era o desejo ardente de ficar sozinho, de se perder em um emaranhado de membros e afeto sussurrado. Os prédios da cidade passaram borrados enquanto dirigiam, seus batimentos cardíacos acelerados. Em poucos minutos, eles deixaram as ruas movimentadas para trás, encontrando consolo em um hotel isolado - um santuário particular para finalmente ceder à sua paixão, ininterruptamente.

O coração de Betty disparou quando ela entrou no quarto do hotel, Michael logo atrás. O ar zumbia com energia, seu desejo tácito finalmente deu voz. Seus olhos se fecharam, um entendimento silencioso passando entre eles. Em um instante, eles colidiram, os lábios se encontrando em um frenesi apaixonado. As mãos vagavam desesperadamente, os dedos emaranhados no cabelo e agarrando as roupas.

À medida que as roupas caíam, eles saboreavam cada centímetro de pele recém-revelado. Betty engasgou quando os lábios de Michael traçaram sua clavícula, seus dedos cavando em seus ombros. Eles caíram na cama, corpos abraçados e suspiros ofegantes. Na penumbra, eles se exploraram com reverência e urgência. Betty arqueou sob o toque de Michael, seu corpo cantando com prazer. Ele adorava suas curvas, memorizando cada mergulho e vale.

Seus movimentos tornaram-se mais frenéticos, impulsionados pela necessidade primitiva. Carinhos sussurrados misturados com gritos apaixonados enquanto se perdiam em sensações. O mundo lá fora deixou de existir; havia apenas essa sala, esse momento, essa conexão. Quando chegaram ao auge juntos, Betty gritou o nome de Michael. Ele a abraçou, seus corpos tremendo no rescaldo. Eles estavam entrelaçados, aquecendo-se no arrebol, nenhum dos dois disposto a quebrar o feitiço.

No silêncio que se seguiu, a realidade começou a se infiltrar. Betty traçou padrões no peito de Michael, sua mente acelerada. O que o amanhã traria? Por enquanto, ela empurrou esses pensamentos de lado, determinada a saborear cada segundo restante de seu momento roubado.

O coração de Betty disparou enquanto ela olhava nos

olhos hipnotizantes de Michael, sentindo o mundo ao seu redor derreter. A intensidade de seu olhar acendeu um fogo dentro dela, e ela se viu perdida nas profundezas de sua alma. Cada fibra de seu ser ansiava por permanecer neste momento perfeito, para congelar o tempo e aproveitar a conexão elétrica que eles compartilhavam.

Mas a realidade desabou sobre ela como um maremoto. O peso de sua aliança de casamento de repente pesou em seu dedo, um lembrete gritante dos votos que ela havia feito a Randy Ramos. Culpa e desejo guerrearam dentro dela enquanto ela relutantemente tirava os olhos do rosto de Michael.

"Eu... Eu tenho que ir", sussurrou Betty, sua voz trêmula de emoção. "Eu preciso voltar para o meu marido."

A cada passo em direção ao banheiro, Betty sentia como se estivesse andando por melaço. Seu corpo gritou para ela voltar, correr para os braços de Michael e danar-se as consequências. Mas seu senso de dever a impulsionou para frente, mesmo quando seu coração se despedaçou com cada centímetro de distância entre eles.

Quando ela entrou no chuveiro, a água quente caiu sobre ela, misturando-se com as lágrimas que ela não conseguia mais segurar. Betty se encostou nos ladrilhos frios, sua mente um turbilhão de emoções conflitantes. O vapor a envolveu, e ela imaginou que lavava os vestígios persistentes do toque de Michael, o cheiro de sua colônia, a memória de seus lábios tão próximos dos dela.

Mas mesmo enquanto esfregava a pele em carne viva, Betty sabia que nenhuma quantidade de água poderia limpá-la da paixão que agora corria em suas veias. Enquanto se preparavam para sair, ela se preparou para a inevitável mágoa, sabendo que uma parte dela permaneceria para sempre naquela sala, perdida nas profundezas de seu olhar cativante.

Michael e Betty saíram do quarto do hotel, seus passos ecoando no corredor vazio. A viagem de elevador foi tensa, nenhum dos dois se atreveu a quebrar o silêncio pesado entre eles. Quando eles entraram no estacionamento, o ar arejado fez pouco para aliviar a intensidade ardente de seus pensamentos.

Michael agarrou o volante enquanto navegava pelas ruas da cidade de volta ao restaurante. O motor do carro zumbiu, um forte contraste com o silêncio ensurdecedor entre ele e Betty. Seu perfume inebriante encheu o ar, cada respiração uma lembrança agridoce de seus momentos roubados juntos.

Ele olhou para Betty, chamando sua atenção por um breve momento carregado. A memória de seus lábios nos dele, seus dedos arrastando fogo em sua pele, ameaçava dominá-lo. Michael se forçou a se concentrar na estrada, mas seus pensamentos continuavam voltando para o encontro ilícito.

Quando se aproximaram do estacionamento onde o carro

de Betty esperava, a ansiedade de Michael atingiu o pico. E se alguém os tivesse visto? E se a notícia chegasse ao marido Randy? As consequências potenciais eram grandes - não apenas para seus negócios, mas para as vidas que construíram.

A mão de Betty de repente cobriu a dele na alavanca de câmbio, enviando um solavanco através dele. "Michael", ela sussurrou, sua voz rouca de emoção. Ele se virou para ela, vendo o mesmo conflito em seus olhos que sentia em seu coração.

Eles pararam no estacionamento do restaurante, o carro parando. Por um longo momento, nenhum dos dois se moveu. O ar crepitava com tensão não resolvida e desejo persistente. Michael sabia que deveria terminar aqui, ir embora e nunca olhar para trás. Mas quando Betty se inclinou, seus lábios roçando sua orelha, ele percebeu com pavor e excitação que isso estava longe de acabar.

"Mesma hora na próxima semana?" ela respirou, causando arrepios na espinha. Michael assentiu, incapaz de resistir à atração entre eles, mesmo enquanto silenciosamente amaldiçoava sua fraqueza. Quando Betty saiu do carro e desapareceu em uma rua lateral, Michael ficou imóvel, dividido entre arrependimento e expectativa, sabendo que seu perigoso romance estava apenas começando.

Mas no fundo, Michael sabia que o que ele havia feito era errado, uma traição de confiança em muitos níveis. Mas naquele momento, com os lábios de Betty nas mãos dele e as dela percorrendo seu corpo, todo o pensamento racional havia fugido. A natureza proibida de seu encontro apenas aumentou a intensidade, a paixão crua acendendo entre eles.

Agora, quando a adrenalina diminuiu, Michael ficou com um profundo sentimento de culpa. Ele comprometeu sua integridade e relacionamentos profissionais por um prazer carnal fugaz. O peso de suas ações ameaçou esmagá-lo, as consequências se aproximando.

No entanto, por mais que tentasse, Michael não conseguia afastar a lembrança do toque de Betty, a maneira como ela o olhava com os olhos acesos de necessidade desenfreada. Uma parte dele ansiava por virar o carro, procurá-la novamente, perder-se em seu abraço mais uma vez. Era uma tentação que ele sabia que deveria resistir, mas o fascínio era poderoso, um canto de sereia que ele temia não ter forças para ignorar.

Capítulo 11

A BUSCA E O PLANEJAMENTO

Ma manhã de hoje amanheceu com uma sensação de expectativa no tribunal federal no centro de Miami. A força-tarefa trabalhou incansavelmente para reunir evidências esmagadoras contra os suspeitos envolvidos no Sindicato de Miami. Os detetives Julian Pratt e Jackie Ortiz, e a procuradora dos EUA Alice Harper, sabiam que hoje seria um longo dia ao apresentarem seu caso, abrirem sua acusação contra indivíduos e buscarem mandados de prisão e busca e apreensões bancárias do juiz e do grande júri.

A detetive Jackie Ortiz estava diante do juiz, sua voz clara e inabalável enquanto expunha o caso meticulosamente construído. Escutas telefônicas, registros financeiros, relatos de testemunhas oculares e vigilância por vídeo - foi uma apresentação hermética que não deixou margem para dúvidas. A intrincada teia de atividades criminosas do Miami Syndicate foi desvendada, expondo a profundidade de sua corrupção.

Quando a procuradora dos EUA, Alice Harper, apresentou o pedido de mandados, a testa do juiz franziu em concentração. Este foi um caso de alto perfil com implicações de longo alcance. Um passo em falso pode comprometer toda a operação. Mas a evidência era irrefutável. Com um aceno resoluto, o grande júri concedeu os mandados, autorizando a força-tarefa a entrar e levar os suspeitos à justiça.

Enquanto isso, Gabriel e Sophia sentaram-se em uma mesa perto da baía, com vista para a Calçada do pitoresco restaurante em Key Biscayne. A brisa suave da baía varreu, carregando o aroma suave do oceano. Foi um raro momento de tranquilidade para eles em meio ao caos na vida de Gabriel.

"Essa vista não é de tirar o fôlego?" Sophia disse, seus olhos brilhando de alegria enquanto olhava para o horizonte de Miami.

Gabriel sorriu, sua expressão normalmente cautelosa suavizando na presença da felicidade contagiante de Sophia. "Certamente é", respondeu ele, tomando seu café. "Não acredito que não fazemos isso há muito tempo."

Sophia riu levemente, estendendo a mão sobre a mesa para colocar a mão na dele. O coração de Gabriel pulou uma batida ao seu toque. Ele se abriu de maneiras que nunca pensou ser possível com Sophia. Ela tinha um jeito de fazê-lo se sentir à vontade, derretendo as paredes geladas ao redor de seu coração.

Gabriel sentiu uma sensação de paz tomar conta dele enquanto conversavam e saboreavam o café da manhã. Pela primeira vez, ele pôde deixar de lado os fardos de sua organização criminosa e desfrutar de um momento de normalidade. Era como se o mundo ao redor deles tivesse desaparecido, deixando apenas os dois envoltos em seu escudo de felicidade.

"Eu tenho que admitir, eu nunca pensei que me encontraria em uma situação como essa," Gabriel confessou, seu olhar travando com o de Sophia.

Ela sorriu calorosamente; seus olhos se encheram de compreensão. "A vida tem um jeito de nos surpreender, não é? Mas estou feliz por termos nos encontrado, Gabriel."

Ele estendeu a mão sobre a mesa para acariciar sua bochecha suavemente. "Eu também", ele murmurou, sua voz pouco acima de um sussurro.

Seus dedos se entrelaçaram e eles se sentaram em um silêncio confortável, perdidos nos olhos um do outro. Foi um raro momento de vulnerabilidade para Gabriel, um lado dele que poucos já viram. Mas com Sophia, ele se sentiu seguro, aceito e amado.

Quando terminaram o café da manhã, Gabriel sentiu uma sensação de esperança - esperança de um futuro onde ele poderia deixar para trás sua vida criminosa e abraçar um novo começo com Sophia ao seu lado.

"Vamos dar um passeio ao longo da baía", sugeriu ele, com uma pitada de excitação em sua voz.

Sophia assentiu ansiosamente, seus olhos brilhando. Eles pagaram a conta e seguiram em direção à baía, o sol os abraçando calorosamente. De mãos dadas, eles caminharam ao longo da beira da água, as ondas batendo suavemente contra a costa.

A brisa salgada bagunçava seus cabelos enquanto admiravam a vista de tirar o fôlego. Sophia sentiu uma sensação de admiração, cativada pela beleza serena da baía.

"Isso não é perfeito?" ela disse, apertando a mão dele.

Ele sorriu; Seu olhar se fixou no dela. "É. Estou tão feliz por termos decidido vir aqui."

Eles continuaram seu passeio, contentes em desfrutar da companhia um do outro e do ambiente tranquilo. Sophia sabia que não gostaria de estar em nenhum outro lugar.

Enquanto caminhavam de mãos dadas, Gabriel sentiu um vislumbre de esperança para um futuro cheio de amor, redenção e um novo começo. O caminho à frente era incerto, mas ele sabia que tudo era possível com Sophia ao seu lado. Mal sabia ele o que o esperava no fim deste túnel brilhante e feliz.

Enquanto Gabriel continuava suas atividades diárias, verificando seu ponto de contato dentro do PMC, os detetives mantiveram sua vigilância sobre os suspeitos, seguindo meticulosamente todos os seus movimentos para garantir que eles permanecessem inconscientes da queda iminente.

Um senso de urgência encheu a sede da força-tarefa enquanto a equipe planejava seu plano. Eles decidiram atacar o detetive desonesto Anderson e Raul, o dono do restaurante, alguns dias antes da operação principal. Esses indivíduos pareciam os elos mais fracos e poderiam ser persuadidos a virar testemunhas do governo contra o Sindicato de Miami.

Meses de planejamento e coleta de informações levaram a este momento. A equipe foi bem treinada e altamente disciplinada, trabalhando perfeitamente para proteger os locais simultaneamente, não deixando chance para os suspeitos reagirem ou montarem uma defesa.

À medida que a operação se desenrolava, o som de madeira estilhaçada e comandos gritados enchiam o ar. Os suspeitos foram forçados a cair no chão e contidos, oferecendo pouca resistência na esmagadora demonstração de força. A unidade tática moveu-se com um propósito inabalável, impulsionada pelo desmantelamento dessa perigosa rede criminosa.

Na sequência, os suspeitos foram transportados para instalações federais em Miami, onde seriam interrogados e processados. A equipe sabia que isso era apenas o começo - eles precisavam questionar os detidos para obter total clareza sobre o envolvimento de Michael Cruz e determinar se ele também precisava ser indiciado e enfrentar toda a extensão da lei. Mas, neste momento, a queda foi um sucesso.

E agora era o momento da verdade. A detetive Jackie Ortiz respirou fundo ao entrar na sala de interrogatório onde o detetive desonesto Anderson estava sentado, com as mãos algemadas na mesa à sua frente. Ela conhecia e confiava em Anderson há anos como parceira na força-tarefa de Miami, e a ideia de ele trair sua equipe era quase demais para suportar.

"Anderson", disse ela com firmeza enquanto se sentava em frente a ele. "Por quê? Por que você faria isso?"

Anderson evitou seu olhar, olhando para a mesa. "Eu... Eu não sei, Jackie. Aconteceu tão rápido. Em um minuto eu estava fazendo meu trabalho, no outro..." Ele parou, balançando a cabeça.

"O próximo o quê?" Jackie pressionou. "No dia seguinte, você estava na cama com o inimigo. Vazando informações? Colocando todas as nossas vidas em risco?" Sua voz aumentava a cada palavra, a mágoa e a raiva que ela sentia se infiltrando.

Anderson se encolheu, finalmente encontrando seus olhos. "Eu nunca quis que ninguém se machucasse. Eu só... Fiquei ganancioso, me endividado, problemas de jogo. Eu deveria ter pedido ajuda a vocês. Mas o papel do dinheiro que me foi oferecido parecia ser, na época, uma saída simples - pagar minha dívida. Era bom demais para deixar passar. Eu pensei que poderia lidar com isso, que eu poderia manter tudo sob controle."

Jackie zombou. "Bem, você estava errado. E agora você traiu tudo pelo que trabalhamos - tudo em que acreditamos." Ela se inclinou para frente, seus olhos se estreitando. "Você tem alguma ideia de que tipo de dano você causou?"

Anderson abriu a boca para responder, mas nenhuma palavra saiu. Ele sabia que não havia desculpa, nenhuma justificativa para suas ações. Ele cometeu um erro terrível e agora teria que enfrentar as consequências.

Jackie balançou a cabeça; a decepção é evidente em seu rosto. "Eu confiei em você, Anderson. Todos nós fizemos. E você jogou isso fora para quê? Alguns dólares?" Ela se levantou, virando-se para sair. "Espero que tenha valido a pena. Eu tenho uma pergunta. O que você sabe sobre Michael Cruz? Apenas um simples sim ou não - você sabe de alguma coisa?"

Anderson respondeu: "Eu o vi por aí. Eu nunca tive uma conversa com ele. Apenas um oi e tchau. Não sei nada sobre o que ele faz ou sua vida pessoal."

Quando a porta se fechou atrás dela, Anderson sentiu o peso de sua traição esmagando-o. Ele decepcionou não apenas seu parceiro, mas toda a sua equipe - sua família. E não havia como voltar atrás.

Enquanto isso, o detetive Julian Pratt entrou em outra sala de interrogatório, seus olhos se estreitando enquanto estudava Raul, o dono do restaurante, sentado diante dele, com as mãos algemadas e apoiado nas pernas.

"Tudo bem, vamos direto ao ponto", disse Julian sem rodeios. "Nós pegamos você. Sabemos que você estava envolvido, então é melhor começar a falar."

Raul olhou de volta para Julian, sua expressão desafiadora. "Não vou dizer uma palavra até que meu advogado chegue aqui."

Julian se inclinou para frente, com as palmas das mãos apoiadas na mesa. "Olha, isso seria muito mais fácil para você se você cooperasse. Temos evidências. Você só está piorando as coisas para si mesmo ao se calar. O que você pode me dizer sobre Michael Cruz?"

Mas Raul permaneceu em silêncio, seus lábios pressionados em uma linha fina.

A frustração cintilou no rosto de Julian. "Tudo bem. Faça do seu jeito." Ele se levantou e se dirigiu para a porta. "É melhor seu advogado chegar aqui rápido. Porque você não está indo a lugar nenhum - você está olhando muito tempo atrás das grades.

A porta se fechou, deixando Raul sozinho com seus pensamentos, as algemas mordendo seus pulsos. Ele sabia que estava em apuros, mas também conhecia seus direitos. De jeito nenhum ele iria se incriminar, não sem a presença de seu advogado. Ele só tinha que aguentar um pouco mais.

No dia seguinte, os detetives Julian Pratt e mais seis agentes chegaram ao escritório de cobrança médica de Randy e Betty Ramos, prendendo os dois junto com alguns membros da equipe. O casal Ramos vinha administrando um elaborado esquema de fraude de saúde e seguros há anos, associado ao sindicato de Miami.

Enquanto Randy e Betty Ramos eram levados para salas de interrogatório separadas, os detetives Julian e Jackie trocaram um olhar conhecedor. Eles sabiam que este seria um caso desafiador, mas estavam determinados a chegar à verdade.

Entrando na sala, o detetive Julian enfrentou Randy, que ficou sentado em silêncio, de braços cruzados, recusando-se a cooperar. "Sr. Ramos, temos muitas evidências que apontam para você e sua esposa executando um esquema fraudulento de cobrança médica. Você está com muitos problemas aqui, então eu aconselho você a começar a falar. Primeiro, quero ajudá-lo - o que você sabe sobre Michael Cruz? O carro dele foi visto estacionado em seu escritório mais de uma vez.

Randy permaneceu em silêncio, sua expressão inabalável. "Não estou dizendo nada sem a presença do meu advogado."

Ao lado, o detetive Jackie Ortiz se aproximou da igualmente desafiadora Betty. "Sra. Ramos, sabemos que você e seu marido estão fazendo algumas coisas obscuras. Você está olhando para uma pena de prisão séria se não começar a cooperar. Comece me dizendo qual é o seu relacionamento com Michael Cruz?"

Betty balançou a cabeça desafiadoramente. "Eu quero meu advogado. Não estou admitindo nada."

A detetive Jackie Ortiz se aproximou do advogado de Randy Ramos quando eles estavam prestes a visitar Randy no Centro de Detenção Federal. Jackie tinha um olhar sério no rosto enquanto pedia uma palavra particular com o advogado.

"Olha, eu sei que este caso é difícil para o seu cliente", Jackie começou com franqueza. "Mas acho que posso ajudar seu cliente se ele estiver disposto a cooperar comigo."

O advogado a olhou com ceticismo. "De que tipo de informação você está falando?"

"Informações sobre Michael Cruz", respondeu Jackie. "Vamos dar um passeio e ver o que você tem."

A sala de interrogatório foi estressante quando Randy se sentou do outro lado da mesa de Jackie. Jackie deslizou uma pasta de arquivos em direção a Randy.

"Eu tenho algumas informações aqui que você precisa ver", disse Jackie sem rodeios. "Isso vai mudar tudo."

Depois de um momento de silêncio, Randy assentiu. "Bem, vamos ver o que você tem."

Randy abriu o arquivo, revelando as fotografias condenatórias. Seus olhos se estreitaram enquanto ele se debruçava sobre as imagens - sua esposa Betty e Michael Cruz, pegos em meio a seu caso apaixonado, entrando em quartos de hotel, jantando em restaurantes. A prova visual era irrefutável.

Ele olhou para cima, seu olhar endurecendo. "O que você quer saber?" Havia uma nova determinação em sua voz, uma vontade de enfrentar a verdade feia de frente. A traição doeu, mas ele estava pronto para enfrentá-la, para descobrir toda a extensão do engano de sua esposa. O que quer que Jackie tivesse a oferecer, Randy ouviria - ele precisava saber toda a história, não importa o quão dolorosa fosse.

Com o passar das horas, a notícia das prisões não pôde ser suprimida. O alcance do Miami Syndicate era amplo, e eles tinham olhos e ouvidos em todos os cantos de Miami. Michael recebeu um telefonema, atualizando-o sobre os eventos que ocorreram naquela manhã.

Ele agarrou o volante com força enquanto dirigia pelas ruas da cidade, suas mãos ficando brancas. A notícia que recebeu causou um arrepio na espinha - Raul, Betty, seu marido e outros estavam sob custódia federal. Ele sabia naquele momento que tinha que ir a uma casa segura, para avisar Gabriel e o resto do PMC.

Michael exibiu um toque mais de sutileza. Ele esperou pacientemente seu tempo, escolhendo a capa do anoitecer como seu momento oportuno. Ele estabeleceu contato com precisão com um associado do sindicato de Miami, garantindo o máximo sigilo. Seu ponto de encontro era uma garagem mal iluminada, sem olhares de vigilância curiosos. Michael rapidamente colocou o novo celular no bolso, seus dedos habilmente escondendo a troca. Ele sabia da importância dessa transação - um novo clone do telefone celular para descartar qualquer possível perseguição.

Ao amanhecer, alguns dias depois, a polícia desceu sobre a residência de Michael, apenas para descobrir que ele havia desaparecido - apenas sua esposa e filho permaneceram. Michael teve uma vantagem sobre eles. Ele astutamente escorregou por entre os dedos.

A esposa de Michael, antes alheia à sua verdadeira natureza, agora se encontrava presa na mira da lei, seus apelos de ignorância caindo em ouvidos surdos. A cada hora que passava, a rede se apertava em torno do paradeiro de Michael. Os detetives Julian e Jackie, determinados a levá-lo à justiça, vasculharam a cidade, sem deixar pedra sobre pedra. Mas Michael, um especialista em evasão, planejou sua fuga meticulosamente, antecipando cada movimento deles.

Enquanto isso, Michael permaneceu um passo à frente, sua liberdade uma vitória amarga sobre o sistema que ele havia manipulado com tanta habilidade. O pensamento de sua família, especialmente o futuro incerto de seus filhos, pesava muito em sua mente, mas seu senso de autopreservação eclipsava todo o resto. Ele sabia que o preço de sua liberdade seria alto, mas estava disposto a pagá-lo, não importando o custo.

Michael fez uma ligação, e a voz de Gabriel quebrou a linha em tons abafados, direcionando Michael para um santuário seguro em Naples, Flórida. Uma viagem de cerca de cem milhas a oeste de Miami, esta casa segura estava situada ao longo das margens tranquilas da Costa Oeste.

Gabriel e Michael se encontraram em Naples, Flórida. Gabriel ficou surpreso. "Por que eles estão procurando por você, Michael?" ele perguntou. "Você tem alguma ideia do porquê? Não consigo entender - mesmo que haja pessoas presas, temos filtros para evitar sermos apontados em qualquer caso criminal. Eu não entendo o que está acontecendo."

Michael respondeu: "Eu só sei que minha casa foi invadida. Esta reunião foi ordenada e a coreografia da sobrevivência se desenrolou.

"Tudo bem, Michael, ouça", disse Gabriel, sua voz baixa e séria. "Não temos muito tempo, então vou dar a você diretamente. Este é o melhor cenário que você tem. Vamos pensar fora da caixa - o que fazemos com nossos recursos?"

Michael respondeu: "Você não está sugerindo que eu fuja para Cuba?"

"Você perdeu a cabeça? Você esqueceu? Muitos funcionários do governo foram presos em Cuba por causa de laços criminosos com Miami. Não falamos com nosso amigo do governo há muito tempo. Não sabemos se ele está na prisão ou qual é o seu paradeiro. E pelo que sabemos, podemos ter sido implicados. Esse é um lugar do qual não quero fazer parte."

Gabriel, ciente da urgência latente, compreendeu a gravidade de sua situação. Os dois homens compartilhavam o imperativo comum: atravessar as fronteiras para o México, onde o calor ainda não havia atingido seu apogeu escaldante.

Os promotores se opuseram veementemente à concessão de fiança a qualquer indivíduo preso no tribunal, considerando-os todos os riscos de alto voo. As evidências apresentadas foram esmagadoras e o caso contra os réus parecia sólido.

À medida que o processo se desenrolava, Gabriel, a figura indescritível do Miami Syndicate, permanecia um fantasma, intocado pela rede de arrasto da aplicação da lei. Os detetives sabiam que Michael era o jogador-chave, com base nas informações fornecidas por seu agora co-réu, Randy Ramos. Este foi um caso de traição, mas Michael permaneceu um homem procurado, teimosamente desafiador diante das evidências crescentes.

Os detetives esperavam que mais indivíduos presos pudessem virar e fornecer as informações cruciais de que precisavam para derrubar Michael Cruz. Mas até agora, a lealdade de todos os membros do Sindicato provou ser mais forte do que a ameaça de processo.

Mas Michael permaneceu um passo à frente, desaparecendo na noite. A detetive Jackie Ortiz sabia que era apenas uma questão de tempo até que ele ressurgisse, e ela estava determinada a estar lá esperando por ele. Ela jurou caçar o indescritível membro do Sindicato e levá-lo à justiça, não importa o custo.

Mais uma vez, Gabriel estendeu seu pedido por meio da conexão de Chicago, desta vez com um maior senso de urgência. Ele precisava de um esconderijo discreto aninhado em Cancún, bem como de um conjunto de documentos falsos - uma carteira de motorista e outras identificações.

Sem hesitar, seus associados de Chicago contataram sua rede em Cancún. Essa rede poderia fornecer o tipo de acomodação segura e fora da rede que Gabriel precisava. Em poucas horas, uma casa segura foi garantida - uma casa despretensiosa escondida em um bairro residencial tranquilo, longe de olhares indiscretos.

Na intrincada teia das batalhas legais de Miami, Gabriel se encontra em uma encruzilhada. A percepção de que ele pode perder seu amigo e aliado de confiança, Michael, pesa muito sobre ele. Enquanto eles traçam estratégias juntos, Gabriel sabe que deve considerar a possibilidade de nomear um substituto temporário. Esta decisão não é tomada de ânimo leve, pois o resultado do caso de Michel Cruz pode depender da força e sabedoria dessa figura interina. A escolha de Gabriel será uma prova de sua liderança e visão em navegar nas águas traiçoeiras do sistema de justiça de Miami.

Os olhos de Gabriel se fixam em Michael, seu olhar feroz e inabalável. A energia entre eles é espessa quando Gabriel finalmente quebra o silêncio.

"Ligue para Raphael," Gabriel ordena, sua voz baixa e resoluta. "Eu preciso encontrá-lo cara a cara."

A testa de Michael franze, preocupação gravando linhas profundas em sua testa. "Gabriel, você tem certeza de que é sábio? Encontrar Raphael agora poderia..."

"Não sabemos qual será o resultado de tudo isso", interrompe Gabriel, suas palavras afiadas e decisivas. "Precisamos definir nossas prioridades no lugar."

Os olhos de Gabriel brilham com determinação enquanto ele continua: "E, por enquanto, precisamos ter certeza de que Raphael Santos está atualizado sobre como executar a operação corretamente, sem que sejamos práticos."

Michael hesita, pesando a gravidade das palavras de Gabriel. A paixão na voz de Gabriel é evidente, infundindo cada sílaba com urgência e convicção.

"Isso não é mais apenas sobre nós," Gabriel pressiona, sua voz subindo de emoção. "É sobre o futuro do Miami Syndicate que construímos. O PMC precisa permanecer intacto, mesmo sem nós, se necessário. Juramos protegê-lo.

Os punhos de Gabriel se fecham ao lado do corpo, todo o seu corpo tenso com determinação. "Raphael precisa estar preparado. Ele precisa entender o peso do que está por vir."

Michael finalmente compreende todas as implicações da decisão de Gabriel. O ar ao redor deles parece pulsar com a intensidade do momento.

"Faça a ligação," Gabriel ordena mais uma vez, sua voz suavizando, mas não perdendo nada de sua paixão. "É hora de Raphael entrar em seu destino. E é hora de enfrentarmos os nossos."

Quando Michael pega seu telefone celular clonado, o peso de seu encontro iminente com Raphael paira pesado no ar - um momento crucial que pode mudar o curso da vida de Michael.

A mão de Michael alcança o celular clonado, sua superfície elegante fria contra sua palma úmida. Ele encontra o olhar intenso de Gabriel, vendo o fogo da determinação queimando nos olhos de seu parceiro. O ar estala com tensão, espesso com o peso de sua decisão.

Enquanto Michael liga, as memórias inundam sua mente - anos de planejamento cuidadoso, inúmeros riscos assumidos e sacrifícios feitos. O Miami Syndicate tem sido sua paixão, seu propósito. Mas agora, tudo está em jogo.

O telefone toca uma, duas, três vezes. O coração de Michael bate em seu peito, cada batida um lembrete do que está em jogo. Finalmente, uma voz responde.

"Raphael", diz Michael, sua voz firme, apesar da turbulência interna. "Está na hora. Precisamos nos encontrar."

Há uma pausa do outro lado. Então, a voz de Rafael, baixa e cautelosa: "Onde?"

Michael retransmite a localização em Naples, Flórida, esta noite, suas palavras carregadas de urgência. Ao encerrar a ligação, ele se vira para Gabriel, vendo uma mistura de medo e excitação espelhada no rosto de seu parceiro.

Com o passar das horas, eles se movem rapidamente, reunindo seus pensamentos para a reunião. A cidade passa confundida enquanto eles dirigem, os postes de luz contrastam fortemente com a escuridão de sua missão. A mente de Michael corre, imaginando os resultados potenciais - sucesso, fracasso, traição ou algo totalmente inesperado.

Quando eles chegam ao ponto de encontro no centro de Naples, Flórida, Michael sente o peso do destino pressionando-o. Gabriel aperta seu ombro, um gesto de solidariedade e força.

Eles saem do carro, o ar fresco da noite é um lembrete nítido da realidade de sua situação. Ao longe, eles veem uma figura se aproximando de Raphael Santos, caminhando em direção ao seu destino e ao momento que definirá seu futuro dentro do Miami Syndicate.

Michael respira fundo, preparando-se para o que está por vir. Aconteça o que acontecer a seguir, não há como voltar atrás. A sorte está lançada, e o futuro do Miami Syndicate - e suas vidas - estará nos ombros de Raphael Santos.

Os olhos de Gabriel se estreitam quando ele estende a mão para Raphael, um sorriso conhecedor brincando nos cantos de sua boca. "Um prazer conhecê-lo, Raphael", diz ele, seu olhar penetrante e intenso. "Eu ouvi ... muito."

O aperto de Raphael é firme, seus olhos olhando com uma mistura de orgulho e cautela. O ar entre eles crepita com uma compreensão tácita.

Michael assiste à troca, uma pitada de satisfação em sua postura. Ele limpa a garganta: "Raphael aqui tem sido inestimável para nossa organização. Seu conhecimento de nosso... estilo de vida... é incomparável."

O sorriso de Gabriel se alarga. "É mesmo?" Gabriel nunca quebra o contato visual com Raphael. "Bem, o Miami Syndicate não mantém qualquer um por perto por muito tempo. Você deve ser um grande trunfo.

O peito de Raphael incha ligeiramente com o elogio. "Eu me dediquei à causa", ele responde, sua voz baixa e cheia de convicção. "Isso não é apenas negócios. É uma emoção que eu nunca gostei de viver uma vida simples, eu preciso da emoção.

Os três homens estão em um triângulo de poder, a pequena cidade de Nápoles brilhando atrás deles.

Gabriel finalmente solta a mão de Raphael, mas a intensidade permanece. "Estou ansioso para ver sua experiência em ação, Raphael. A família valoriza a lealdade mais do que qualquer outra coisa. E talento... bem, talentos como o seu não passam despercebidos."

Michael bate nos ombros dos dois homens. "Senhores, acredito que este é o início de uma parceria muito frutífera. Vamos discutir a próxima operação?"

"Quero agradecer por ter vindo", diz Gabriel, com a voz baixa. "Precisamos conversar sobre a situação de Michael."

Raphael acena com a cabeça, a ansiedade evidente em seus ombros. "Quão ruim é isso?"

"Ruim o suficiente. Os detetives invadiram sua casa. Dependendo de como isso se desenrolar, talvez precisemos reestruturar as coisas." Gabriel se inclina para frente, seus olhos intensos. "É aí que você entra."

O coração de Raphael dispara. "O que você precisa que eu faça?"

"Vou ficar fora de cena por algumas semanas, talvez um mês. Escondido. Você estará assumindo mais responsabilidades. Acha que posso lidar com isso?"

Raphael hesita, então acena com a cabeça com firmeza. "Estou pronto."

Gabriel desliza um telefone celular clonado sobre a mesa. "Use isso apenas para minhas ligações, mais ninguém. Entrarei em contato. Rafael?" Ele faz uma pausa, seu olhar endurecendo. "Não estrague tudo."

"Quando Raphael começou sua viagem de volta para Miami, o peso de sua nova responsabilidade caiu sobre seus ombros. Ele conhece os riscos, mas também as recompensas potenciais. O que quer que aconteça com Michael, as coisas estão prestes a mudar."

Na manhã de segunda-feira em Miami, Raphael Santos começa a examinar advogados em potencial. Ele descobre o escritório do procurador dos EUA, aumentando ainda mais as apostas. Gabriel verifica periodicamente, enfatizando a importância de encontrar um advogado qualificado que possa navegar pelos meandros do caso de Raul Dominguez. Gabriel Cortez vê coisas; se ele paga pelo advogado, ele tem certo conhecimento interno do caso. Qualquer possível delação de qualquer pessoa que vaze informações para a aplicação da lei.

Com o passar dos dias após o encontro em Naples, Flórida, Gabriel e Michael cruzaram a fronteira e, quando ele se estabeleceu em uma casa segura no México, Gabriel sentiu uma mistura de alívio e desconforto. No entanto, ele também reconheceu a importância de ganhar tempo e evitar a captura. Gabriel não conseguia se livrar da preocupação que o atormentava. Ele sabia que tinha que ligar para Sophia, mas também sabia que não poderia revelar a verdade de sua situação. Quanto menos ela soubesse, mais segura ela estaria.

Gabriel fez com que seus membros de confiança do sindicato pegassem um telefone celular clone que não estava vinculado a nenhum deles. Ele sabia que a comunicação era crucial, mas eles não podiam correr o risco de serem rastreados até ele pela polícia.

Ele pegou seu celular quente e discou o número dela,

seu coração acelerado enquanto esperava que ela atendesse. Quando a voz dela passou pela linha, ele sentiu alívio e culpa. Sophia estava muito preocupada com ele, e ele odiava mantê-la no escuro sobre seus planos.

"Sophia", disse ele, sua voz suave, mas urgente. "Sou eu."

Houve um momento de silêncio do outro lado antes que ela respondesse, sua voz entrelaçada com preocupação. "Gabriel, onde você está? O que está acontecendo? Por que você pediu a outra pessoa que me desse esse celular e me dissesse para quebrá-lo e jogá-lo fora em cinco dias?"

Ele respirou fundo, tentando encontrar as palavras certas. "Eu tive que tomar precauções", explicou ele. "Michael estava sendo vigiado e não posso arriscar que ninguém rastreie nossa comunicação."

"Eu não entendo", respondeu Sophia, sua preocupação evidente. "O que está acontecendo, Gabriel? Por que você está se escondendo?"

Ele hesitou momentaneamente, tentando decidir o quanto poderia dizer a ela sem colocá-la em perigo. "Muita coisa está acontecendo, Sophia", disse ele finalmente. "Não posso explicar tudo agora, mas preciso que você confie em mim."

"Eu confio em você, Gabriel", disse ela suavemente. "Mas não posso deixar de me preocupar. Eu vi as notícias na TV e sei o que eles estão dizendo sobre Michael e as pessoas associadas a ele."

O coração de Gabriel afundou. Ele odiava que suas ações estivessem causando dor a ela, mas não podia recuar agora. "Eu prometo a você, Sophia, que estou fazendo tudo o que posso para proteger você e nosso futuro", disse ele com seriedade. "Eu preciso que você fique seguro e fique longe de qualquer atenção. Se alguém perguntar, você não sabe nada."

"Farei o que você pedir, Gabriel", disse ela, com a voz cheia de determinação. "Mas, por favor, prometa-me que você voltará para mim."

Ele fechou os olhos, sentindo o peso de sua promessa. "Eu voltarei", disse ele com firmeza. "Eu vou me certificar disso."

Eles conversaram um pouco mais, Gabriel assegurando-lhe que estava fazendo o que precisava ser feito para garantir sua segurança. "Eu sei que é difícil não saber tudo", disse ele, com a voz suave. "Mas eu preciso que você confie em mim, Sophia. Vou explicar tudo quando puder."

Ela respirou trêmula. "Ok, Gabriel", disse ela, sua voz vacilante, mas cheia de amor e apoio. "Eu confio em você. Apenas me prometa que você terá cuidado."

"Eu prometo", disse ele, sua voz cheia de determinação. "Farei o que for preciso para proteger você e nosso futuro."

Ao se despedirem, Gabriel sentiu uma mistura de emoções. Ele odiava manter Sophia no escuro, mas sabia que era a única maneira de mantê-la segura. Ele prometeu fazer o que fosse preciso para garantir seu futuro juntos, mesmo que isso significasse enfrentar o caminho perigoso e incerto à frente.

Gabriel olhou para o celular por um longo tempo, sentindo o peso de suas escolhas. Ele sabia que tinha que proteger Sophia, mesmo que isso significasse mantê-la no escuro.

À medida que os dias se transformavam em semanas, Julian e Jackie continuaram a construir seu caso contra o sindicato de Miami. Eles entrevistaram incansavelmente testemunhas, analisaram registros telefônicos e reuniram todas as evidências que puderam encontrar. A pressão sobre os indivíduos presos estava aumentando, e alguns começaram a considerar cooperar com as autoridades em troca de clemência.

Gabriel permaneceu vigilante dentro do esconderijo em Cancún, sabendo que a sobrevivência do sindicato dependia de sua liderança. Ele manteve contato com um membro confiável do sindicato, oferecendo-lhe orientação e garantia de que eles sairiam mais fortes desse revés.

O processo judicial progrediu em Miami, e as evidências contra o sindicato ficaram mais fortes a cada dia. Os detetives estavam determinados a levar todos os envolvidos à justiça, incluindo o mentor indescritível.

Capítulo 12

CELEBRAÇÕES E SOMBRAS DE GABRIEL

MEnquanto isso, em Miami, o advogado de Raul Dominguez solicitou uma reunião com a procuradora dos EUA Alice Harper para discutir seu caso. A reunião estava marcada para acontecer no Gabinete do Procurador dos EUA, do outro lado da rua do tribunal.

No dia da reunião, o advogado de Raul Dominguez, o litigante de língua afiada Sr. Green, atravessou a rua do tribunal para o escritório do procurador dos EUA. Ele foi conduzido ao espaço de trabalho espaçoso e impessoal de Alice Harper, do tipo que gritava autoridade.

Green entrou nos detalhes do caso de Raul. "Tudo bem,

vamos direto ao ponto. O governo atingiu meu cliente com uma lista de acusações - extorsão, lavagem de dinheiro, fraude, contra-vigilância, todos os nove metros. Agora, eu passei pela descoberta e devo dizer que as evidências parecem muito fracas.

Alice ouviu impassível: "Seu cliente foi pego em flagrante, Sr. Green. Nós o temos em fita, relatos de testemunhas oculares, e a trilha de papel é muito prejudicial.

"Oh, tenho certeza de que parece assim para você", o Sr. Green recostou-se na cadeira, afetando um ar de confiança casual. "Mas estou lhe dizendo, há mais nessa história. Raul não é um anjo, mas ele não é o mentor que você está fazendo com que ele seja. Essa coisa toda cheira a uma armação."

O vaivém continuou, com Green abrindo buracos no caso da promotoria e Alice teimosamente defendendo-o. Ambos eram veteranos experientes, sem vontade de ceder um centímetro. Havia uma tensão palpável enquanto eles trocavam farpas e argumentos legais.

Finalmente, Alice suspirou. "Olha, eu entendo que você vai lutar pelo seu cliente, e estou ciente de que ele não é o mentor. Mas os fatos são os fatos. Se você tem algo substancial para trazer para a mesa, estou disposto a ouvir. Caso contrário, temo que essa conversa tenha acabado e vejo você no tribunal.

O ar estava pesado quando o advogado e o promotor

se sentaram à mesa um do outro. Ambos sabiam que este era um momento crítico - uma chance de encontrar algum meio-termo antes do julgamento que estava a um mês de distância.

O Sr. Green falou primeiro: "OK, vamos nos comprometer. Na semana passada, sugeri ao meu cliente que testemunhasse sobre seus co-réus, algo a que ele se opõe muito. Se o seu escritório fizer um bom negócio com Raul, eu poderia convencê-lo. Mas outra coisa que não é negociável, precisamos mantê-lo fora do registro como testemunha do governo. Em troca, você dará a Raúl uma sentença mínima em um campo de detenção federal.

Alice Harper suspirou. "Que tal isso - mantemos Raul fora do registro. Ele nos interroga sobre toda a operação do Sindicato, sem se conter, ou o negócio está cancelado. Vamos dar a ele um acampamento confortável de segurança mínima depois. É melhor do que passar de quinze a vinte atrás das grades, não é?

"OK, vou voltar e falar com ele. Mas você tem que me dar algo em troca", disse o advogado, inclinando-se para a frente. "Preciso de uma garantia de que você manterá a identidade dele em segredo."

Alice Harper franziu os lábios, pensando sobre isso. Depois de um momento, ela estendeu a mão. "Combinado. Você faz com que ele testemunhe e eu vou me certificar de que ele não acabe tendo que fazer o tempo integral que merece. Mas esta é uma oferta única, Sr. Green. É melhor você fazer valer a pena."

Green sentiu o peso da decisão repousar sobre seus ombros. Hora de convencer Raul a trair tudo o que sabia. Não ia ser fácil, mas às vezes nesses negócios ilícitos, você tem que fazer escolhas difíceis.

Alguns dias depois, Green sentou-se com Raul para discutir os detalhes. Ele tinha que ser completamente transparente sobre a situação, sem adoçar ou falsas esperanças. "Ouça, Raul, preciso que você testemunhe", sua mandíbula se cerrou. "De jeito nenhum estou testemunhando contra o Miami Syndicate. Somos uma família." Raul se inclinou para frente; os olhos se estreitaram.

"Eu entendo, Raúl, mas você enfrentará de quinze a vinte e cinco anos se não cooperar. Podemos tornar isso muito mais fácil para você."

Raul zombou. "Mais fácil? Você quer que eu traia as únicas pessoas que já me apoiaram." Ele balançou a cabeça. "Prefiro apodrecer na prisão do que delatar."

"É um negócio simples, Raul, me ouça. Testemunhe contra o Miami Syndicate. A melhor parte é que ninguém vai descobrir que você testemunhou. Essa é a única maneira de isso funcionar", disse Green severamente. Raul sabia que não havia como voltar atrás depois de assinar na linha pontilhada. Minha velha vida deixaria de existir; Eu estaria confiando meu futuro ao governo - que mudança de estilo de vida.

"Mais uma coisa, na minha reunião com o procurador dos EUA, ela meio que sussurrou em segredo. Ela me disse para dizer que eles encontraram um ponto fraco, uma maneira de chegar até você onde doía mais. Raul tentou manter a compostura, mas a preocupação estava aparecendo em todo o seu rosto. "Eles estão dizendo que têm evidências implícitas contra sua esposa."

Eu soube então que estava preso. Eles me colocaram em cima de um barril e não havia nada que eu pudesse fazer. A liberdade de minha esposa, seu futuro, tudo estava por um fio.

Raul Dominguez engoliu em seco, sua boca de repente seca. "O que você quer que eu faça? Vou cooperar porque não tenho escolha. Quem cuidará dos meus filhos se minha esposa for implicada neste caso?" Dê-me um dia e eu vou testemunhar o que eu sei.

O detetive Julian Prat suspirou pesadamente; cansaço evidente em seus olhos enquanto falava com seu colega. "Tem sido uma batalha longa e árdua, mas fizemos progressos significativos. O advogado de Raul o aconselha fortemente a considerar uma confissão de culpa e um acordo para confiscar propriedades e fundos. O caso apresenta uma abundância de evidências convincentes contra ele, particularmente no que diz respeito a acusações de suborno, extorsão, contra-vigilância na aplicação da lei e obstrução de investigações criminais dentro do sindicato de Miami.

"Em um desenvolvimento paralelo, outros indivíduos implicados no caso, incluindo um casal, Betty buscou um acordo judicial devido ao seu envolvimento em um esquema de fraude na saúde. Randy está recebendo um bom negócio por sua cooperação no caso. Sua empresa de faturamento médico desempenhou um papel fundamental na orquestração de um volume substancial de reivindicações falsificadas no valor de mais de sessenta milhões de dólares, que foram enviadas ao sistema de saúde como parte de sua associação com o sindicato. Como resultado, eles estão enfrentando a perspectiva de enfrentar sentenças que variam de nove a quinze anos. Além disso, certos funcionários de nível inferior da empresa de cobrança, que desempenharam papéis comparativamente menores na operação ilícita, podem estar sujeitos a períodos de prisão que variam de três a cinco anos.

Seu colega detetive assentiu, reconhecendo a magnitude da vitória. "Pelo menos a justiça está finalmente alcançando-os", disse ele solenemente.

"Sim", respondeu o detetive, "mas ainda não acabou. Ainda temos Michael lá fora e nem sabemos onde ele está. Ele é como um fantasma, escorregando por entre nossos dedos sempre que nos aproximamos.

A força-tarefa vinha perseguindo Michael há meses,

tentando identificar o indescritível mentor do Miami Syndicate. Toda vez que eles pensavam que tinham uma pista, ele desaparecia sem deixar vestígios.

Os detetives olharam ao redor da sala, onde seus colegas membros da força-tarefa comemoraram a derrubada bem-sucedida de muitos membros do sindicato. Apesar da atmosfera alegre, uma nuvem de incerteza pairava sobre eles. A ausência de Michael lançou uma longa sombra, um lembrete de que sua missão estava longe de ser concluída.

Enquanto bebiam suas bebidas durante o brinde feito pela procuradora dos EUA Alice Harper, o nome "Michael" escapou dos lábios do orador. A menção não foi intencional, mas notada. O detetive trocou um olhar conhecedor com seu parceiro, entendendo o peso desse nome em sua investigação.

"Fizemos uma diferença significativa no sindicato, e isso não é pouca coisa", a voz do procurador dos EUA explodiu, chamando a atenção de todos na sala. "Mas não podemos esquecer que o cérebro por trás de tudo, Michael, ainda está foragido. Fique tranquilo; não descansaremos até que ele seja levado à justiça."

A promessa provocou um coro de acenos resolutos e expressões determinadas dos membros da força-tarefa. Eles eram uma equipe forjada no cadinho desta complexa investigação, unida por um objetivo comum: desmantelar o sindicato de Miami e levar todos os seus membros à justiça.

O tempo passou e Gabriel sentiu que era seguro entrar em contato com seu membro de confiança, Raphael, do sindicato de Miami. Ele convocou alguns dos membros mais confiáveis para uma reunião clandestina em Cancún para discutir seu novo plano para a organização. Os membros do sindicato, ainda cautelosos com a recente repressão, se reuniram em Orlando e embarcaram em seus aviões, longe da cidade de Miami.

No submundo sombrio do Miami Syndicate, a confiança era uma moeda mais preciosa que o ouro. Gabriel sabia disso muito bem, e sua decisão de entrar em contato com Raphael Santos não foi tomada de ânimo leve. Gabriel virou-se para Michael Cruz e instruiu-o a fazer a ligação. Esta seria a segunda vez que Gabriel encontraria Raphael Santos cara a cara, uma perspectiva que o encheu de expectativas e apreensões em partes iguais. A natureza clandestina de seu encontro em Cancún, longe dos olhares indiscretos da polícia em Miami, falou muito sobre a delicada dança de poder e sigilo que governava o Sindicato. Foi um jogo de alto risco.

Quando Raphael Santos desembarcou em Cancún, a expectativa da viagem de van para o hotel era clara. Silencioso e introspectivo, ele foi consumido por pensamentos sobre o próximo encontro com Gabriel. Ao chegar ao hotel, Raphael foi escoltado para uma suíte luxuosa onde Gabriel e Michael estavam esperando. O comportamento tipicamente turbulento de Gabriel foi visivelmente moderado. Quando

Raphael entrou na sala, Michael o cumprimentou com um aperto de mão firme e depois se virou para Gabriel. Com um olhar sério, Gabriel deu as boas-vindas a Raphael e gesticulou para que eles se sentassem, sinalizando o início do que certamente seria uma conversa significativa.

Gabriel começou agradecendo a Rafael por comparecer à reunião. "Agora, mais do que nunca, precisamos ficar juntos", começou Gabriel, sua voz baixa e dominante. "Podemos ter enfrentado contratempos, mas não podemos deixar o medo nos paralisar. É hora de reconstruir e voltar mais forte."

A curiosidade se misturou com a apreensão quando os membros do sindicato se inclinaram para a frente, ansiosos para ouvir o plano. Gabriel sempre foi o arquiteto de seus esquemas, com uma visão que os tornou bem-sucedidos até então. Agora, ele esperava que sua engenhosidade os levasse à segurança mais uma vez.

"A proposta de Gabriel reflete um pivô estratégico nas operações de saúde do Miami Syndicate, enfatizando a necessidade de diversificação diante da investigação e prisões feitas nos últimos meses em Miami por fraude na área de saúde", interrompeu Michael. "Precisamos navegar com muito cuidado e silêncio. Precisamos diversificar, como falamos no passado, para explorar novos caminhos de lucro."

Os olhos se arregalaram e sussurros abafados encheram

a sala enquanto os membros trocavam olhares. Expandir além de sua rede de fraude de saúde bem estabelecida era arriscado, mas eles confiavam no julgamento de Gabriel.

"Temos conexões, recursos e conhecimentos que podem ser aproveitados em outras empresas criminosas", explicou Gabriel. "Com a abordagem certa, podemos criar fluxos adicionais de renda que não apenas nos sustentarão, mas nos impulsionarão a alturas maiores."

Michael e Raphael acenaram com a cabeça em concordância, enquanto Raphael permaneceu cauteloso. Seu envolvimento em fraudes na área da saúde rendeu imensa riqueza, mas eles estavam cientes dos perigos que espreitavam nas ruas do submundo do crime de Miami.

"Temos os meios para nos aventurar em atividades ilegais, como cartões de crédito falsos, combustível roubado e clínicas de dor", continuou Gabriel, expondo sua visão. "Embora algumas dessas operações possam não gerar lucros equivalentes às fraudes na área da saúde, elas se beneficiam de um escrutínio reduzido, permitindo-nos nos envolver em negócios de rua com uma tolerância elevada ao risco."

Enquanto Gabriel falava, ele podia ver o ceticismo dando lugar à intriga. Ele sabia que precisava apresentar um caso convincente para conquistar Michael e Raphael.

"Pense nisso", ele insistiu, sua voz subindo com convicção. "Ainda precisaremos ser cautelosos, mas diversificar nossas operações nos tornará mais resilientes. Vamos resistir aos golpes da aplicação da lei e dos concorrentes."

Raphael levantou uma questão legítima, buscando esclarecimentos. "Gabriel, eu entendo a necessidade de mudar, mas isso não é mais perigoso? A fraude na saúde era nossa especialidade. Aventurar-se nesses novos territórios exigirá novos contatos e alianças."

Gabriel assentiu, reconhecendo a preocupação válida. "Você está certo. Não será fácil e precisaremos agir com cuidado. Mas construímos relacionamentos ao longo dos anos. Nossa reputação nos precede, e isso será uma vantagem. Assumiremos riscos calculados e tenho planos de me conectar com aliados confiáveis que podem nos ajudar a navegar nessas novas águas."

A sala ficou em silêncio enquanto a tripulação contemplava a proposta de Gabriel. O peso de seus sucessos anteriores e reveses recentes pairava pesado no ar. Eles sabiam que a inação seria sua ruína, e o plano de Gabriel apresentava uma oportunidade de sobrevivência e riqueza.

"Nós confiamos em você, Gabriel", Raphael falou. "Conduza-nos nesta nova direção e nós seguiremos."

Com o apoio de seus seguidores leais, Gabriel sentiu uma onda de determinação. Ele sabia que o caminho à frente seria traiçoeiro, mas eles estavam unidos por uma visão compartilhada e lealdade feroz ao seu líder.

"Obrigado," disse Gabriel, um sorriso puxando os cantos de seus lábios. "Juntos, vamos forjar um caminho para a prosperidade, e o PMC se erguerá novamente, mais forte e mais formidável do que nunca."

À medida que a reunião continuava, Gabriel enfatizou a importância da lealdade e do sigilo. Ele esclareceu que a sobrevivência do PMC dependia de sua unidade e discrição.

"Então, diga-me", Michael falou com uma pitada de diversão em sua voz, "como estamos indo nas ruas de Miami? Nossa operação parece ser como gelo seco - fumegante, mas frio. Ele riu de sua analogia.

Raphael, com a expressão séria, respondeu: "Os escritórios de suprimentos médicos têm sido uma operação desafiadora, mas, como sempre, muito lucrativa. Mas estamos fazendo progressos constantes. Nossa equipe alugou com sucesso escritórios em vários locais importantes."

Ele fez uma pausa, inclinando os dedos. "Quanto a Miami, você está correto ao dizer que os moradores são cautelosos. Muitos caíram para a aplicação da lei, eles estão ficando na moda para o jogo dia a dia, eles melhoram. Devemos agir com cuidado e construir confiança por meio de nossas redes. Tenho vários recrutas em potencial em mente - profissionais descontentes que podem ajudar em nossos esforços de lavagem de dinheiro."

Os olhos de Raphael endureceram. "Os bancos são

a parte mais complicada. O aumento dos protocolos de segurança torna a extração de grandes somas cada vez mais difícil. No entanto, tenho um plano para introduzir negócios sazonais em dinheiro na mistura - legais na superfície, mas perfeitos para injetar nossos ganhos ilícitos. Isso exigirá algum capital inicial, mas estou confiante de que podemos fazê-lo funcionar."

Ele se inclinou para trás, inclinando os dedos mais uma vez. "No geral, a operação está progredindo. Lentamente, metodicamente. Não podemos nos dar ao luxo de impaciência ou imprudência. Confie em mim para supervisionar os detalhes; Vou garantir que as operações do Miami Syndicate permaneçam firmes."

"Raphael, você e eu vamos trabalhar de perto em nossa operação nas ruas de Miami", disse Gabriel, recostando-se na cadeira. "Espero que possamos ser sinceros um com o outro, como falamos em Nápoles."

"É claro. Eu valorizo a honestidade e a lealdade mais do que qualquer outra coisa. Eu serei o homem nas ruas, Gabriel, enquanto você puxa as cordas dos bastidores como nosso misterioso mentor. Michael, nosso associado fugitivo, as coisas não estão melhores para o nosso parceiro aqui Michael olha para Gabriel, ele deve manter um perfil discreto por enquanto. Raphael, novamente direi isso a você, por favor, nunca diga meu nome - eu simplesmente não existo em lugar nenhum. Manter a segurança operacional é fundamental. Novamente, nunca use meu nome verdadeiro ou quaisquer detalhes de identificação em suas comunicações com alguém pessoalmente ou especialmente por celular.

Raphael Santos deu um olhar profundo enquanto Gabriel Cortez delineava suas novas responsabilidades dentro do sindicato de Miami. Ele sabia que neste segundo encontro, várias ligações vieram com imensa confiança, mas Gabriel também deu consequências se essa confiança fosse quebrada.

"Chino, encontre alguém em quem você possa confiar com sua vida, alguém que não ceda à pressão, não importa o que os policiais joguem nele", instruiu Gabriel. "Treine essa pessoa em tudo o que você faz por nós. Ele será o filtro entre você e a lei."

Chino já tinha alguém em mente. Um membro da família que o idolatrava e conseguia manter a boca fechada com mais força do que o aperto de um molusco em uma pérola. Ele faria uma oferta que ele não poderia recusar.

"Acho que cobrimos o suficiente nesta reunião", ressoou a voz na sala. "Vou encontrá-lo de volta em Miami em breve. Veremos mais detalhes então, Raphael. Mas, por enquanto, você tem muitas tarefas pela frente."

"Mantenha o foco", a voz continuou com uma nota de advertência em seu tom. "E fique seguro."

Enquanto isso, em Miami, a força-tarefa trabalhou

incansavelmente, seguindo qualquer pista que pudesse levá-los ao paradeiro de Michael. Eles vasculharam registros telefônicos, transações financeiras e imagens de vigilância, reunindo quaisquer fragmentos de informações que pudessem apontá-los na direção certa.

"Não podemos desistir", disse um detetive durante uma sessão de brainstorming tarde da noite. "Devemos manter a pressão e, eventualmente, vamos encontrá-lo."

Capítulo 13

DISSOLVENDO A ESCURIDÃO

T O dia do tribunal havia chegado e os réus depuseram um a um, declarando-se culpados de sua participação no caso de corrupção. O juiz estabeleceu datas de sentença separadas para o detetive desonesto, Anderson, e Raul, o dono do restaurante, para dar a seus casos a atenção individual que mereciam.

Enquanto Raul esperava para ser chamado, uma sensação de pavor subiu por sua espinha. Ele passou inúmeras noites agonizando com esse momento, repetindo os eventos que o levaram até aqui e se perguntando se havia algo que ele poderia ter feito diferente.

Quando chegou a hora de Raul Dominguez, o juiz esvaziou o tribunal. Raul respirou fundo e deu um passo na frente do juiz. O olhar do juiz era severo, mas Raul se preparou, pronto para assumir a responsabilidade por suas ações.

"Sr. Raul Dominguez, você foi acusado de várias acusações de suborno, fraude e contra-vigilância. Como você implora?"

"Culpado, Meritíssimo," respondeu Raul, sua voz pouco acima de um sussurro.

O honorável juiz Robertson acenou com a cabeça, anotando algumas anotações. "Muito bem. Antes de determinar sua sentença, precisarei que você forneça um testemunho completo de seu envolvimento neste caso.

O juiz Robertson, um homem de rosto severo com cabelos grisalhos, chamou o tribunal à ordem. Ele virou seu olhar penetrante para a procuradora dos EUA, Alice Harper, em um terno impecável.

"Sra. Harper", começou ele, sua voz carregando autoridade, "estou orientando você a convocar um grande júri nos próximos meses. O objetivo é ouvir depoimentos sobre as supostas atividades fraudulentas que ocorrem nas ruas de Miami."

Alice Harper assentiu, fazendo anotações furiosamente. "Sim, Meritíssimo."

"Você começará ouvindo o interrogatório de Raul Dominguez", continuou o juiz. "Preste muita atenção ao que ele sabe e, igualmente importante, ao que ele não sabe sobre esta organização."

A Sra. Harper ergueu os olhos, uma pergunta em seus olhos. O juiz antecipou sua pergunta.

"Sim, eu disse organização. Todos nós sabemos que existe um grupo estruturado por trás dessas atividades fraudulentas. Seu grande júri também ouvirá outras testemunhas que possam ter conhecimento ou envolvimento nessas operações.

Enquanto o juiz falava, o tribunal permaneceu em silêncio, a gravidade da situação profunda. A mente do promotor disparou, considerando as implicações dessa diretiva.

"As conclusões do grande júri serão cruciais para determinar nossos próximos passos", concluiu o juiz Robertson. "Devemos descobrir a extensão dessa fraude na saúde e seu impacto em nossa cidade. O tempo é essencial, Sra. Harper. Espero atualizações diárias sobre seu progresso."

A procuradora dos EUA ficou de pé, sua postura ereta e determinada. "Entendido, Meritíssimo. Vou começar os preparativos imediatamente."

Quando o Honorável Juiz Robertson dispensou o tribunal,

uma enxurrada de atividades irrompeu. A procuradora dos EUA, Alice Harper, saiu correndo, já fazendo ligações para montar sua equipe. O juiz assistiu de seu banco, sua expressão sombria. Ele sabia que as próximas semanas seriam cruciais para expor a corrupção que se enraizou nas ruas de Miami.

Quando o tribunal se esvaziou, Julian e Jackie soltaram um suspiro de alívio. Eles haviam recebido as confissões de culpa e agora voltaram sua atenção para o próximo passo: continuar a caçada a Michael Cruz.

A procuradora dos EUA, Alice Harper, fez seu trabalho, garantindo as condenações que buscavam. Julian e Jackie ficaram gratos por seus esforços e fizeram questão de expressar seus sinceros agradecimentos ao saírem do tribunal.

Com os procedimentos legais por trás deles, Julian e Jackie estavam agora focados em rastrear Michael Cruz. Eles sabiam que ele ainda estava lá fora, fugindo da captura, e estavam determinados a levá-lo à justiça. A caçada começou e eles estavam mais motivados do que nunca para encontrar seu alvo indescritível.

Ao saírem para as ruas de Miami, Julian e Jackie compartilharam um olhar conhecedor. O caminho à frente pode ser longo e traiçoeiro, mas eles estavam preparados para enfrentar quaisquer desafios que estivessem em seu caminho. Eles foram movidos por um senso de propósito, um desejo de encerramento e um compromisso inabalável de levar isso até o fim.

A caça a Michael se intensificou, a pressão aumentando enquanto os detetives lutavam para encontrar qualquer vestígio do fugitivo indescritível. Todos os caminhos foram esgotados, desde vigiar sua família até questionar associados e revistar suas propriedades. No entanto, Michael parecia ter desaparecido no ar, deixando apenas frustração e perguntas sem resposta em seu rastro.

À medida que os dias se transformavam em semanas, Jackie Ortiz ficava cada vez mais desesperada. Houve uma profunda frustração quando as imagens de vigilância foram revisadas, as chamadas interceptadas ouvidas e todas as informações disponíveis sobre as atividades de Michael reunidas. A força-tarefa depositou suas esperanças em que ele cometesse um erro - um telefonema, um e-mail - qualquer coisa para levá-los ao seu paradeiro. No entanto, seus esforços não produziram resultados.

Em um último esforço, eles se voltaram para presos federais possivelmente ligados ao sindicato de Miami. A esperança era que alguém dentro dos muros da prisão pudesse ter uma pista sobre o paradeiro ou as atividades de Michael. A prisão abrigava sussurros e segredos, um microcosmo do mundo do crime. Os detetives viram isso como uma potencial mina de ouro de informações, onde conexões e lealdades foram testadas no cadinho do encarceramento. Sua esperança repousava na crença de que os presos associados ao sindicato de Miami poderiam possuir as peças que faltavam no quebra-cabeça do desaparecimento de Michael.

Entrando na prisão, o detetive Julian Prat e Jackie Ortiz encontraram atritos tangíveis. A sobrevivência muitas vezes dependia de manter o próprio conselho neste ambiente, onde as alianças mudavam e a confiança era escassa. Navegando pelos corredores, eles atraíram olhares curiosos dos presos que reconheceram o emblema da polícia.

Reunir-se com os presos exigia um equilíbrio delicado. Cada interação envolvia a construção de relacionamento e a extração de informações enquanto navegava pelas regras tácitas da hierarquia da prisão. Alguns presos estavam cautelosos, suas palavras medidas. Outros, ansiosos para estabelecer conexões além dos muros da prisão, foram mais próximos, compartilhando informações potencialmente vitais sobre o desaparecimento de Michael.

Em uma pequena sala de visitas, o detetive Julian Prat sentou-se em frente a um preso cujos olhos transmitiam cansaço e resignação. Ele testemunhou a ascensão e queda de impérios criminosos, as mudanças de lealdade e as traições dentro dessas paredes. Suas palavras foram escolhidas com cuidado, insinuando um mundo de negócios clandestinos e conversas sussurradas.

Ele falou do sindicato de Miami em um tom calmo, descrevendo sua hierarquia, conexões e a lealdade inabalável que une seus membros. Ele compartilhou histórias de conversas ouvidas em celas compartilhadas, fragmentos sugerindo um fugitivo chamado Michael. Os detetives ouviram atentamente, reunindo mentalmente informações em sua busca por respostas.

Mas não era apenas sobre o que foi dito, mas também sobre o que não foi dito. Os presos tinham seu código, sua linguagem existente nas entrelinhas. Julian e Jackie decifraram mensagens ocultas, nuances revelando a verdade em meio às camadas do engano. Cada interação era um quebra-cabeça, um mosaico de palavras e olhares que precisavam ser decodificados para extrair informações valiosas.

E, no entanto, mesmo neste mundo de meias-verdades, os detetives sentiram um desejo genuíno de ajudar. Alguns presos, desgastados por anos atrás das grades, estavam cansados do ciclo de crime e punição. Eles viram uma oportunidade de oferecer uma aparência de redenção, uma chance de ajudar e, potencialmente, receber redução de sentença.

Quando Julian Prat e Jackie Ortiz deixaram a prisão, eles carregavam uma mistura de frustração e esperança recém-descoberta. Os presos forneceram fragmentos de informações, peças de um quebra-cabeça maior que era o desaparecimento de Michael. Agora era sua tarefa juntar meticulosamente esses fragmentos, decifrar as mensagens ocultas e seguir as trilhas tênues que poderiam levá-los mais perto da verdade.

Semanas se arrastaram e a frustração se transformou em desespero. Justamente quando a esperança parecia perdida, surgiu um vislumbre de avanço potencial. Recebeu uma ligação de um membro da família de um preso federal, alegando que o preso possuía informações de interesse dos detetives. A força-tarefa não perdeu tempo e organizou uma visita ao Centro Correcional Federal.

Sentado em frente ao preso na área de visita estéril, o detetive Julian se inclinou para frente, seu olhar fixo nos olhos do preso. "Você mencionou que seu companheiro de cela pode ter alguma informação. Você pode nos contar mais?"

O preso hesitou momentaneamente, seus olhos piscando como se debatesse se deveria compartilhar o que sabia. Finalmente, ele se inclinou em sua voz pouco acima de um sussurro. "Sim, Michael. Ele faz parte dessas coisas do sindicato de Miami. Meu companheiro de cela - ele estava no Centro Correcional de Miami aguardando a data do tribunal e estava com um cara que era co-réu de Michael. Eles contrabandearam telefones celulares; ele os ouvia falando sobre ele estar fugindo.

Um arrepio percorreu minha espinha. Esta era a pausa que estávamos esperando - uma pista potencial sobre o indescritível Michael que estávamos tentando derrubar há algum tempo. "Seu companheiro de cela mencionou mais alguma coisa? Algum detalhe sobre onde Michael pode estar se escondendo?" Eu pressionei, tentando manter meu nível de voz e calma.

O preso se mexeu, olhando em volta como se estivesse verificando se havia bisbilhoteiros, mesmo neste espaço confinado. "Ele fez parecer que Michael foi além das fronteiras, cara. Disse algo sobre conexões de alto escalão tirando-o do país. E não é qualquer país - eles o estão mantendo seguro, sabe?

O detetive Julian se inclinou para trás, sua mente acelerada. "Então, você está dizendo que ele nem está mais nos EUA?"

O preso assentiu, sua expressão solene. "Foi o que eu percebi. Eles não são burros. Eles sabem que o calor está aqui. Michael é valioso demais para ser pego."

A detetive Jackie se inclinou para frente, seu tom urgente. "Seu companheiro de cela mencionou onde ele poderia estar?"

O preso balançou a cabeça, um olhar frustrado cruzando seu rosto. "Não, cara, eles não são estúpidos o suficiente para revelar detalhes como esse. Mas ele os ouviu dizer que Michael está se escondendo, mantendo seus movimentos fora do radar.

O detetive Julian trocou outro olhar com seu parceiro.

"Seu companheiro de cela disse mais alguma coisa? Alguma coisa que possa nos ajudar a localizá-lo?" Ele balançou a cabeça sombriamente. "Nada específico."

O detetive Julian se inclinou para frente novamente. "Obrigado por compartilhar isso conosco. Suas informações podem ser um avanço."

O olhar do preso tornou-se intenso, sua voz baixa e séria. "Apenas mantenha meu nome fora disso, você ouve. Minha segurança também está em jogo."

O detetive Julian acenou com a cabeça tranquilizadoramente. "Você tem nossa palavra. Sua cooperação não passará despercebida."

Ao deixarem a área de visitas, os detetives trocaram pensamentos em voz baixa. "Se Michael está realmente fora do país", absorveu o detetive Julian, "temos um novo conjunto de desafios pela frente".

Mas com o lampejo de esperança aceso pelas revelações do preso, os detetives sabiam que tinham um longo caminho pela frente. O sindicato provou sua capacidade de se adaptar e evadir, mas eles estavam determinados a seguir todas as pistas, decifrar todos os códigos e, finalmente, levar Michael à justiça - não importa onde ele estivesse escondido.

Capítulo 14

ATIVIDADES EMARANHADAS

Julian e Jackie descobriram que Michael Cruz havia se aventurado muito além das fronteiras do sur da Flórida, mergulhando nas profundezas do submundo do crime do México. Sua extensa rede abrangendo diferentes países o manteve evasivo para a lei por algum tempo. "É bastante aparente", comentou Julian. "Não houve rumores circulando nas ruas de Miami. Algum avistamento de Michael?"

O detetive Julian Pratt e sua parceira, Jackie Ortiz, cruzaram a fronteira do Texas para o México, buscando uma pista em seu caso em andamento. Eles estavam no encalço de Michael Cruz por um período considerável, e sua determinação em levá-lo à justiça só ficou mais forte.

Dirigindo pelas cidades fronteiriças empoeiradas, Julian não conseguia se livrar de uma sensação de desconforto. A prevalência da atividade de cartéis nesta região era notória, exigindo cautela redobrada. Ele agarrou o volante com força, examinando as ruas em busca de sinais de atividade suspeita.

Sua primeira parada foi um motel decadente nos arredores de uma pequena cidade. O gerente, um velho envelhecido, olhou-os com cautela enquanto exibiam seus crachás e perguntavam sobre os hóspedes recentes que correspondiam à descrição do suspeito. Depois de alguns momentos tensos, o gerente respondeu: "Você está fazendo as perguntas erradas no país errado, especialmente vindo dos Estados Unidos. Você não obterá respostas dos habitantes locais.

A detetive Jackie Ortiz percebeu que eles não poderiam lidar com isso sozinhos. Eles entraram em contato com seus colegas da Interpol, compartilhando suas descobertas e buscando ajuda para prender o fugitivo. Levar sua busca por Michael para outro nível teria implicações significativas para sua investigação.

Julian e Jackie viajaram para a Cidade do México para uma reunião com a Interpol sobre sua investigação em andamento. Como detetives seniores, eles eram responsáveis por coletar informações e coordenar esforços com a agência internacional de aplicação da lei.

Ao chegar ao aeroporto da Cidade do México, os detetives de Miami seguiram diretamente para o escritório da Interpol. Eles foram recebidos por Gutierrez, o principal agente que supervisiona o caso, que prometeu fornecer atualizações assim que estivessem disponíveis.

Sentada em frente ao Sr. Gutierrez em seu escritório, Jackie Ortiz não perdeu tempo e começou apresentando-lhe um arquivo abrangente contendo todas as informações e fotografias que a Força-Tarefa de Miami havia reunido sobre seu alvo, Michael. Ela explicou que Michael Cruz era um fugitivo que eles estavam rastreando e eles acreditavam que ele estava escondido no México.

Gutierrez respondeu: "O México é um país vasto. Só a Cidade do México tem mais de vinte milhões de habitantes. Mas nada é impossível. Temos muitos recursos e uma rede de informantes de rua. No entanto, aqui no México, é uma via de mão dupla. Devemos proceder com extrema cautela. As organizações criminosas têm mais recursos e medidas de contra-vigilância ainda melhores do que a aplicação da lei."

Quando contactou o meu gabinete pela primeira vez, explicou a situação - que há um fugitivo escondido no meu país. Designei alguns agentes para coletar informações sobre Michael Cruz, a pessoa de interesse.

Detetives de ambos os lados da fronteira entraram, suas

expressões uma mistura de antecipação e determinação. Eles foram escolhidos por seu compromisso inabalável com a justiça e sua capacidade comprovada de lidar com tais operações.

Enquanto Julian e Jackie trocavam um olhar tranquilizador enquanto se sentavam à mesa. A atmosfera estava carregada de expectativa, o peso da missão pesado sobre seus ombros. A sala agora estava cheia de profissionais que entenderam a gravidade da tarefa.

Guttierez deu um passo para a frente, chamando a atenção. "Senhoras e senhores", ele começou, sua voz baixa e firme. "Estamos aqui para discutir um assunto de extrema importância."

Cabeças acenaram com a cabeça em concordância, os agentes profundamente conscientes do significado. O policial continuou: "Temos informações confiáveis de que Michael, o fugitivo que estamos perseguindo, se incorporou a uma organização criminosa mexicana".

Um murmúrio de descrença se espalhou pela sala. As implicações dessa revelação foram vastas e complexas, com a influência dessas organizações transcendendo fronteiras e desafiando as estratégias de aplicação da lei.

"Nossa missão é dupla", afirmou o oficial da Interpol com firmeza. "Para apreender Michael. Esta não é uma tarefa fácil. Entendemos os riscos."

A detetive Jackie se inclinou para frente, sua voz resoluta. "Vimos o caos causado pelas empresas criminosas de Michael. Vidas inocentes foram arruinadas. A justiça deve prevalecer."

O oficial concordou. "De fato. Mas não vamos subestimar a complexidade de nosso adversário. Esta operação exige precisão, inteligência e trabalho em equipe inabalável."

O detetive Julian examinou a sala, observando rostos determinados. "Já enfrentamos adversidades antes. Derrubamos criminosos poderosos. Isso não é diferente. Um objetivo comum nos une e temos a experiência para levá-lo adiante."

A sala caiu em silêncio concentrado enquanto os agentes absorviam o peso de seu compromisso. A atmosfera estava carregada, uma mistura de determinação e apreensão.

"Vamos manter os detalhes da operação restritos", alertou o oficial da Interpol, com o tom grave. "Somente aqueles nesta sala conhecerão nossa estratégia. Não podemos subestimar o alcance das organizações criminosas mexicanas."

Fora da sala de reuniões, a vida continuava sem saber da tempestade que se formava no escritório da Interpol na Cidade do México. Os agentes se dispersaram, focados no caminho perigoso à frente, compartilhando a esperança de que seus esforços levassem Michael à justiça.

O envolvimento da Interpol aumentou a urgência da situação. Seus esforços combinados seriam cruciais para perfurar as camadas de sigilo de Michael. Os detetives voltaram para Miami, trabalhando incansavelmente, analisando dados, rastreando transações e identificando casas seguras.

Em Miami, Sophia andava de um lado para o outro no chão de seu apartamento, sua mente em turbulência. O telefonema de Gabriel a deixou inquieta, sentindo o peso de um segredo não dito que ele guardava.

O envolvimento de Gabriel em atividades criminosas fez a mente de Sophia disparar com pensamentos sobre seu relacionamento. Não poderia continuar assim. Ela o amava profundamente, mas o medo constante de perdê-lo para o mundo perigoso em que ele navegava pesava muito em seu coração. Ela cresceu em um mundo muito distante do dele, ansiando por estabilidade e normalidade.

Segurando o telefone com força, seu coração bateu forte quando o nome de Gabriel apareceu na tela. Com uma respiração trêmula, ela atendeu ao chamado.

"Olá?" Sua voz tremia, ansiedade e antecipação evidentes.

"Sou eu," a voz de Gabriel veio, cansaço e segurança se misturando em suas palavras.

Descansando contra os travesseiros macios, o olhar

de Sophia varreu o espaço, um apelo silencioso pairando no ar. "Gabriel, você pode me ouvir? Você está seguro?" A preocupação em sua voz era inconfundível, ecoando a profundidade de seu desconforto.

Sua resposta mediu como se escolhesse suas palavras com cuidado. "Estou segura, Sophia. Isso é o que mais importa agora."

O alívio a inundou quando ela fechou os olhos brevemente. "Graças a Deus", ela sussurrou, aliviando o aperto no telefone.

"Eu sei que você tem perguntas", continuou Gabriel, tenso, mas determinado. "E eu prometo que vou explicar tudo. Mas não posso arriscar dizer muito por telefone."

A frustração nublou a expressão de Sophia. "Gabriel, por favor, você tem que me dizer uma coisa. Eu não posso simplesmente sentar aqui no escuro."

Ele suspirou pesadamente. "Eu gostaria de poder acreditar em mim. Mas há coisas que não posso discutir agora."

Os dedos de Sophia apertaram o telefone novamente, os pensamentos correndo. "Isso não é como você, Gabriel. Estar envolvido em algo tão perigoso."

Uma pausa, depois a voz de Gabriel, lutando com sua resposta. "Eu sei, Sophia. Eu sei que é difícil de entender.

Mas eu preciso que você confie em mim.”

Lágrimas brotaram nos olhos de Sophia, emoções rodopiando. “Eu confio em você, Gabriel. Mas eu preciso saber que você não está sobrecarregado ou fazendo algo que possa nos destruir.

Sua voz suavizou, vulnerável. “Eu nunca quis que nada disso tocasse em você, Sophia. Você significa tudo para mim.”

Enxugando uma lágrima, a voz de Sophia tremeu. “Então volte, Gabriel. Seja o que for, vamos descobrir juntos.”

A resposta de Gabriel foi tingida de tristeza. “Eu gostaria que fosse tão simples, mas não posso. Apenas saiba que estou fazendo de tudo para mantê-lo seguro.”

Seu coração doía, sentindo a distância. “Quando vou te ver de novo?” ela sussurrou.

“Eu não tenho uma resposta exata,” Gabriel admitiu, a incerteza ecoando a dela.

Um silêncio pesado, emoções preenchendo o vazio. Sophia fechou os olhos, tentando se equilibrar.

“Prometa-me que você terá cuidado”, disse ela, com a voz ligeiramente embargada.

“Eu prometo, Sophia. Farei o que for preciso para consertar as coisas.”

Ao se despedirem, preocupação, medo e um profundo anseio encheram Sophia. Sentada no silêncio de seu apartamento, ela esperou pelo dia em que seus caminhos se cruzariam novamente.

À medida que a investigação da Interpol se intensificava, eles se aproximaram das atividades de Michael Cruz em Cancún. As evidências pintaram um quadro perturbador: Michael estava profundamente envolvido em redes de corrupção e lavagem de dinheiro, semelhantes ao Miami Syndicate no sul da Flórida. No entanto, apesar da perseguição implacável, Michael permaneceu evasivo, escapando cada vez que as autoridades pensavam que o haviam encurralado. Ele permaneceu um operador suave, usando charme e conexões para ficar à frente da lei.

Capítulo 15

CRUZANDO AS FRONTEIRAS DO ENGANO

U mQuando o dia se aproximava do fim, o sol desceu lentamente em direção ao horizonte, lançando um brilho quente e vibrante sobre o horizonte de Miami. O detetive Julian Pratt estava em seu escritório, profundamente imerso em pensamentos, tentando processar as informações que acabavam de receber da Interpol. A notícia era promissora e perturbadora: seu próximo destino na busca por Michael era Cancún, no México, um lugar repleto de perigos e mistérios.

A testa de Julian franziu enquanto ele examinava os detalhes, seus dedos tamborilando ansiosamente na mesa. A trilha os levara até aqui, mas a perspectiva de se aventurar em uma região tão traiçoeira o enchia de desconforto. Cartéis, corrupção e violência assomavam nas ruas de Cancún, aumentando as apostas.

A detetive Jackie entrou na sala, sua expressão uma mistura de determinação e preocupação. "Julian, a Interpol acabou de enviar alguns dados preliminares. Eles reduziram uma possível cidade e área onde Michael pode estar escondido.

Julian olhou para cima, encontrando o olhar de Jackie. "Sim, recebi o mesmo memorando."

Ela assentiu, batendo em seu tablet. "Cancún. É um ponto turístico, tornando mais fácil para ele se misturar. A área é notória por suas redes criminosas subterrâneas, um provável refúgio para alguém como Michael.

A mandíbula de Julian se apertou enquanto ele absorvia a informação. Cancún era conhecida como um refúgio para aqueles que buscavam anonimato, onde a legalidade se confundia com a ilegalidade.

"Precisamos proceder com cautela", disse ele, seu tom cauteloso, mas resoluto. "Não podemos nos dar ao luxo de fazer movimentos imprudentes que possam comprometer a operação."

Jackie concordou, seu olhar inabalável. "A Interpol nos alertou sobre as organizações criminosas locais. Temos que estar preparados para a resistência."

Enquanto discutiam sua estratégia, Julian não conseguia se livrar da sensação de que as apostas haviam atingido um nível sem precedentes. A pressão era para finalmente apreender Michael, para fechar o capítulo sobre a perseguição implacável que os consumiu por tanto tempo.

Enquanto isso, Gabriel e Michael navegavam pelas multidões agitadas da vida noturna de Cancún, envoltos em sua energia vibrante. No entanto, sob a superfície, uma corrente perigosa espreitava. Em meio às batidas do clube, eles se envolveram em uma conversa silenciosa, cientes dos riscos que os cercavam.

Olhando por cima dos ombros, eles manobraram por becos mal iluminados, cautelosos com possíveis ameaças à espreita nas sombras. As ruas animadas deram lugar a uma realidade mais sombria - traficantes de drogas rondando, brigas ocasionais estourando.

"Não podemos ficar aqui", a voz de Michael cortou o caos, as luzes de néon iluminando seus arredores.

Gabriel assentiu, reconhecendo a dureza de sua realidade enquanto navegavam pela multidão. "Esse caos é nosso domínio, Michael. Devemos abraçá-lo, aproveitá-lo a nosso favor."

"Com nossas conexões estabelecidas", continuou Gabriel com confiança, "estamos prontos para expandir além da fraude na área da saúde, explorando novos caminhos para poder e lucro".

"Nossa força está em nossa adaptabilidade", afirmou Gabriel, um sorriso malicioso brincando em seus lábios. "É hora de redefinir nosso legado, reformulá-lo para o futuro."

Michael o olhou com um sorriso. "Se nosso legado é construído exclusivamente sobre crimes ilícitos, então é hora de uma mudança."

Ao passarem por uma boate vibrante, a música pulsava e os corpos balançando sugeriam tentação. Gabriel, em uma missão, achou o fascínio forte demais para resistir. A energia era elétrica, com corpos se movendo em sincronia com o baixo. Com uma fome compartilhada em seus olhos, eles mudaram de direção, atraídos pela promessa de excitação.

Gabriel entrou na boate lotada, seus sentidos imediatamente dominados pela mistura inebriante de perfume e álcool pairando pesadamente no ar. Luzes vibrantes dançavam pela sala, combinando com o ritmo pulsante que parecia percorrer todos na pista de dança.

Com a bebida na mão, Gabriel se rendeu ao ritmo, seu corpo balançando com energia elétrica. Seus olhos examinaram a massa contorcida de dançarinos, procurando por aquela faísca, aquela atração magnética de conexão. De repente, o tempo pareceu desacelerar quando seu olhar se fixou em uma beleza de cabelos negros, seus movimentos hipnóticos e convidativos.

Atraído por uma força irresistível, Gabriel se aproximou dela e de sua amiga, seus passos caindo naturalmente em sincronia com os deles. A música pulsava ao redor deles, criando uma bolha íntima no caos do clube. Seus corpos se moviam em harmonia, uma conversa sem palavras de desejo e liberdade.

A intensidade encheu a atmosfera quando Michael, amigo de Gabriel, se juntou à dança. Os quatro corpos se entrelaçaram, alimentando-se da energia um do outro, criando uma sinfonia de movimento e emoção. As inibições se desfaziam a cada batida, revelando versões cruas e desinibidas de si mesmas.

Gabriel sentiu uma onda de eletricidade quando os dedos da mulher roçaram seu braço, seu toque acendendo um desejo que ele havia enterrado profundamente. Seu sorriso caloroso o chamou para mais perto, instando-o a soltar suas paredes cuidadosamente construídas. Ao lado dele, Michael riu com alegria desenfreada, um lado dele que Gabriel nunca havia testemunhado.

À medida que a noite avançava, Gabriel percebeu que isso transcendia a mera atração física. Foi um despertar espiritual, uma redescoberta da profunda beleza da conexão humana. Ele viu a mesma epifania refletida nos olhos de Michael, na maneira terna como as duas mulheres se apoiavam.

A música diminuiu, mas o coração de Gabriel continuou a disparar. A gratidão tomou conta dele - pela alegria da noite, pelo lembrete de que, mesmo nos lugares mais inesperados, as almas podem tocar e se transformar. Enquanto trocavam abraços de despedida, o tom

carregado de promessas tácitas e compreensão recém-descoberta.

Capítulo 16

A CAÇADA DE CANCUN

T O voo para o México foi tenso, cheio de expectativa e incerteza. Julian e Jackie, armados com dados preliminares da Interpol, desceram ao caos vibrante de Cancún. O horizonte da cidade emergiu no horizonte, uma beleza enganosa escondendo perigos à espreita.

Saindo do aeroporto, Julian ficou impressionado com as imagens e sons de Cancún. As ruas movimentadas e a corrente de tensão contrastavam fortemente com a segurança de Miami.

Seu contato no aeroporto os acompanhou até um SUV e o grupo partiu para a sede. Jackie dominou a conversa durante a viagem, enquanto o agente da Interpol permaneceu em silêncio devido à sua proficiência limitada em inglês.

Julian, sentado em silêncio ao lado de Jackie, lutou para formular respostas coerentes. Seu espanhol aceitável permitiu-lhe entender a essência de seu monólogo ansioso, mas o verdadeiro noivado o iludiu.

A viagem até o quartel-general foi tensa e empolada, pontuada apenas pelas explosões ocasionais de Jackie. Julian observou a paisagem urbana passar, sua mente cheia de perguntas sem resposta e desconforto.

Ao chegar ao imponente prédio do governo, o agente da Interpol sinalizou sua chegada. Quando entraram no quartel-general, o peso de seus objetivos compartilhados pairava no ar.

Recebido na sala pelo severo Agente Lopez, a tensão encheu o ar. Eles sabiam que esse encontro seria fundamental, determinando o destino de sua missão.

O agente Lopez os avaliou, reconhecendo os altos riscos e a necessidade de sucesso. Ele descreveu os detalhes da operação, enfatizando a necessidade de dedicação e foco absolutos.

Julian e Jackie se viram atraídos pela intensidade de Lopez, unidos em sua convicção de levar a missão adiante. Eles compartilharam um olhar significativo, sua história compartilhada fortalecendo sua determinação.

Entrando na sala de briefing, eles ouviram atentamente enquanto Lopez não perdia tempo investigando os detalhes da operação. Sua prontidão foi comunicada por meio de acenos de cabeça, eles estavam preparados para enfrentar quaisquer obstáculos que estivessem à frente.

O agente Lopez pintou um quadro vívido do caminho traiçoeiro à frente, mas Julian e Jackie permaneceram implacáveis. Eles eram agentes experientes, sem vontade de vacilar diante da adversidade.

Na sala adornada com mapas e fotos de vigilância, surgiu uma imagem mais clara do paradeiro potencial de Michael. Cada informação contribuiu para o quebra-cabeça, formando lentamente uma imagem coerente.

No mapa maior, havia alfinetes vermelhos espalhados ao longo de uma trilha, marcando os bairros e lugares que Michael supostamente havia visitado. Ele sempre foi habilidoso em cobrir seus rastros, mas a rede de informantes e agentes de inteligência conseguiu rastrear seus movimentos, de becos a clubes e restaurantes.

Enquanto o agente Lopez discutia suas descobertas, uma sensação de determinação encheu a sala. Centímetro por centímetro, eles estavam se aproximando de seu alvo, cada vez mais perto. Michael os iludiu no passado, mas desta vez, eles se sentiram confiantes de que tinham a vantagem. Com os recursos da Interpol e o conhecimento íntimo da polícia local sobre a paisagem da cidade, eles tinham certeza de que iriam localizá-lo e levá-lo à justiça.

Embora a missão estivesse longe de terminar, a equipe podia sentir o momento mudando a seu favor. Eles tinham chegado um passo mais perto de finalmente pôr fim ao reinado de Michael. As paredes da sala testemunharam sua determinação coletiva, servindo como um testemunho do poder da colaboração e de uma busca inabalável da verdade.

Finalmente, a reunião chegou ao fim. Todos se despediram e Julian e Jackie foram para seus respectivos quartos de hotel.

Ansiosos para se refrescar e encontrar um restaurante aconchegante para uma refeição quente, Julian e Jackie mal podiam esperar para deixar o dia longo e emocionalmente desgastante para trás. A satisfação de um trabalho bem feito os enchia de energia.

Quando Jackie entrou no chuveiro, a água morna lavou o estresse do dia, deixando-a revigorada e rejuvenescida. Ela agora estava pronta para se deliciar com um delicioso jantar. Depois de se enxugar, Jackie rapidamente vestiu roupas confortáveis e casuais e foi até o saguão para encontrar Julian.

Jackie Ortiz entrou no elevador e as portas de metal se fecharam suavemente atrás dela. À medida que os números do andar caíam, ela não conseguia se livrar da sensação de que algo estava diferente, uma mudança sutil no ar.

Quando as portas do elevador se abriram no saguão, Julian ficou lá, esperando com seu sorriso familiar e desarmante. "Jackie", disse ele, sua voz cheia de calor, "você está deslumbrante."

Sentindo seu estômago roncar, Julian e Jackie vagaram pelas movimentadas ruas da cidade, determinados a encontrar o restaurante mexicano perfeito para o jantar. Eles passaram por cafés lotados na Cancun Strip e bistrôs da moda, seus olhos examinando cada vitrine em busca de um ambiente convidativo.

"Deve haver algo de bom por aqui", disse Jackie com fome e expectativa evidentes em sua voz.

Determinado, Julian respondeu: "Vamos encontrar o lugar certo, tenho certeza disso."

Ao virarem a esquina, um brilho quente emanava de um estabelecimento charmoso aninhado entre dois edifícios. A placa acima da porta dizia "Orale Guerito Grill".

"Isso parece promissor", comentou Julian. "Nós concordamos com o mexicano."

Eles abriram a pesada porta de madeira e imediatamente abraçaram a atmosfera aconchegante e íntima. A iluminação suave iluminava as paredes ricas e cor de vinho e os móveis de carvalho resistentes. No canto, uma banda de mariachi tocava uma melodia suave, acalmando seus sentidos.

O anfitrião os cumprimentou com um sorriso caloroso. "Mesa para dois?"

Eles foram levados a um local isolado perto da janela, oferecendo uma vista pitoresca da movimentada cidade do lado de fora. Acomodando-se nas cadeiras macias de espaldar alto, uma sensação de alívio e contentamento tomou conta delas.

Eles nunca haviam passado tempo juntos fora do trabalho e agora se encontravam sozinhos em um ambiente romântico - um restaurante mal iluminado em Cancún, México. O brilho suave da luz de velas iluminou seus rostos enquanto eles se olhavam, igualmente surpresos e intrigados com essa reviravolta inesperada.

Jackie, geralmente equilibrada e profissional no escritório, sentiu uma vibração no peito ao encontrar os olhos castanhos quentes de Julian. Ele, por sua vez, não pôde deixar de notar a maneira como a luz das velas dançava em suas feições delicadas, lançando um brilho quase etéreo. Por um momento, um silêncio confortável pairou entre eles, ambos sem saber como proceder.

De repente, a barragem estourou e as palavras fluíram. Eles falaram apaixonadamente sobre seus sonhos, seus medos, seus triunfos e suas decepções - coisas que nunca ousaram compartilhar dentro dos limites do local de trabalho. A conversa deles tinha uma crueza e intimidade que os deixava vulneráveis, mas estranhamente liberados.

À medida que a noite avançava, o espaço entre eles ficava menor e o ambiente chiava com uma vivacidade que nunca haviam experimentado antes. Jackie traçou o contorno da mão de Julian, maravilhando-se com os dedos calejados que contradiziam sua natureza gentil. Julian, por sua vez, gentilmente enfiou uma mecha perdida do cabelo de Jackie atrás da orelha, as pontas dos dedos permanecendo na pele macia de sua bochecha.

Eles sempre foram amigos e colegas, mas neste momento, eles se tornaram algo mais - duas almas se conectando em um nível que transcendeu seus papéis profissionais.

Jackie interrompeu o momento, sabendo que eles não podiam deixar ir mais longe. "Julian, sou uma mulher casada. Embora eu não seja casado e feliz, ainda sou casado. Precisamos voltar a ser como as coisas eram, mantê-lo profissional e manter nosso foco onde ele pertence. Por mais que eu queira que isso aconteça, não pode."

Julian suspirou, sua voz cheia de arrependimento. "Vamos fingir que isso nunca aconteceu."

Eles trocaram um olhar agridoce, reconhecendo a realidade que enfrentavam. O sonho tinha que acabar, e eles teriam que retornar aos seus respectivos caminhos, deixando seus momentos roubados de conexão para trás.

O coração de Julian disparou enquanto ele olhava nos olhos de Jackie, seus corpos a centímetros de distância. A tensão no ar era espessa, meses de desejo tácito ameaçando acender. Com as mãos trêmulas, Julian segurou o rosto de Jackie, sua respiração se misturando.

Os dedos de Julian traçaram a mandíbula de Jackie, seu toque elétrico. "Mas esperamos tanto tempo", ele murmurou, inclinando-se para mais perto.

Jackie deu um passo para trás, com lágrimas nos olhos. "Meu casamento... não é perfeito, mas ainda é sagrado. Temos que parar com isso."

Os ombros de Julian caíram, sua expressão uma mistura de saudade e resignação. "Eu sei. Eu só... Eu nunca me senti assim por ninguém antes."

A voz de Jackie falhou. "Nem eu. Mas temos responsabilidades, vidas que construímos. Não podemos jogar tudo fora."

Eles ficaram em silêncio, a decisão pairando pesada entre eles.

"E agora?" Jackie perguntou, sua voz quase inaudível.

Julian se endireitou, forçando um sorriso. "Nós voltamos. Você para o seu casamento, eu para o meu... liberdade. Nós nos concentramos no trabalho, em nossas carreiras."

Julian balançou a cabeça, seus olhos brilhando. "Fingir que isso nunca aconteceu?"

"É a única maneira", respondeu Jackie, seu coração partido a cada palavra.

Eles compartilharam um último olhar demorado, memorizando cada detalhe desse momento proibido. Palavras não ditas passaram entre eles. O anseio, o arrependimento, a paixão ardente sobre a qual eles nunca poderiam agir. Seus olhos transmitiam o que seus corações não podiam - um amor que desafiava suas circunstâncias, seus compromissos e suas próprias vidas.

Capítulo 17

ENCONTRANDO MICHAEL

W Com a determinação gravada em seus rostos, os detetives de Miami, Julian e Jackie, acompanhados por oficiais da Interpol, entraram nas movimentadas ruas de Cancún. A cidade vibrante pulsava com vida, mas os detetives permaneceram focados em sua missão: encontrar Michael, o indescritível gênio do crime que eles perseguiam há algum tempo.

Navegando pelo labirinto de becos e mercados lotados, a equipe aguçou seus sentidos, procurando por quaisquer pistas que pudessem levá-los ao seu alvo. O ar zumbia com eletricidade enquanto eles mergulhavam mais fundo no intrincado submundo de Cancún, encontrando uma teia de corrupção e engano.

Cientes de que o tempo estava se esgotando e eles precisavam voltar para Miami nos próximos dias, Julian e Jackie sabiam que enfrentavam um desafio formidável. Michael era um fantasma, um mestre do disfarce e do engano, sempre um passo à frente. No entanto, eles se recusaram a desistir, movidos por uma determinação inabalável de levá-lo à justiça e encerrar as inúmeras vidas que ele havia destruído.

Continuando, os detetives encontraram uma rede de informantes e personagens obscuros, cada um com sua agenda. Eles tiveram que agir com cuidado, distinguindo a verdade das mentiras e construindo um mosaico de informações que poderiam levá-los ao paradeiro de Michael.

As ruas de Cancún se tornaram seu campo de batalha, um labirinto complexo onde a linha entre o bem e o mal se confundia. Julian e Jackie lutaram contra o tempo e confiaram em seus instintos como suas únicas armas neste jogo de gato e rato de alto risco.

A perseguição implacável pesava muito sobre seus ombros, e o risco de fracasso era grande. No entanto, a cada pista que seguiam, os detetives se aproximavam de seu alvo indescritível, sua determinação se fortalecendo a cada passo.

Enquanto se misturavam com a multidão do submundo, Jackie iniciava conversas sem esforço, tecendo contos que intrigavam e cativavam seus novos conhecidos. Seu comportamento amigável e capacidade de se conectar com as pessoas em um nível pessoal permitiram que ela ganhasse rapidamente sua confiança.

Julian Prat, por outro lado, sempre foi uma figura quieta e despretensiosa. Sua compreensão limitada da língua local o tornava mais um observador do que um falador. No entanto, no mundo sombrio dos criminosos sérios, essa mesma característica se tornou sua maior força.

Com o passar do tempo, a equipe se aprofundou no mundo dos criminosos, gradualmente entendendo sua linguagem e decifrando seus sinais secretos. Eles descobriram os vários níveis de poder entre os criminosos, identificando quem segurava as rédeas e quem apenas seguia.

A cada nova pessoa que encontravam, Julian e Jackie aprendiam um pouco mais sobre o paradeiro de Michael. Eles pegaram dicas e pistas, lentamente montando o quebra-cabeça de sua localização.

Tornando-se insiders, eles ganharam a confiança daqueles no mundo do crime. Essa confiança permitiu que eles reunissem mais informações, aproximando-os cada vez mais de encontrar Michael. Cada conversa e interação os impulsionou um passo mais perto de resolver o mistério que estavam perseguindo.

Uma noite, enquanto Julian estava sentado em um bar escuro perto de seu hotel, ele ouviu dois indivíduos embriagados envolvidos em uma conversa silenciosa. O que ele ouviu causou arrepios na espinha. Eles falaram de alguém chamado "Puma", uma figura misteriosa que operava secretamente, puxando as cordas nos bastidores do mundo do crime.

Os sentidos de Julian se intensificaram enquanto ele ouvia atentamente. Parecia que Puma impunha respeito e não era para brincadeiras. Rumores sugeriram que esse indivíduo se destacou em executar operações criminosas sem problemas e evitar a detecção.

Percebendo o significado potencial de Puma em sua busca por Michael, Julian resolveu investigar mais. Desvendar o mistério em torno da Puma poderia fornecer pistas cruciais sobre o paradeiro de Michael. Com determinação, Julian fez uma nota mental para se aprofundar nessa figura enigmática, entendendo que isso poderia levá-los mais perto de seu alvo.

Com a curiosidade aguçada, Julian seguiu silenciosamente os homens enquanto eles saíam do bar, mantendo um nível elevado de alerta. Eles serpentearam por ruas estreitas e estradas desertas até chegarem a um prédio simples nos arredores da cidade. Julian permaneceu a uma distância segura, observando-os quando entraram no prédio e ouviram a porta se fechar com um estrondo retumbante.

No dia seguinte, durante sua patrulha de rotina, Julian se

aproximou do agente da Interpol Lopez e perguntou sobre El Puma. A resposta de Lopez foi imediata e grave.

"El Puma? Sim, estou familiarizado com esse nome. Ele é um homem muito perigoso. Se pudermos prendê-lo, ele pode ter informações que podem nos levar ao fugitivo indescritível, Michael.

"Vamos nos concentrar em encontrar Puma. Podemos começar verificando o bar que ele frequenta nos arredores da cidade", sugeriu Lopez. Juntos, Lopez e Julian entraram no estabelecimento mal iluminado, examinando a sala até que seus olhos pousaram em um homem corpulento sentado sozinho no canto.

Aproximando-se cautelosamente, os detetives exibiram seus distintivos. "El Puma, gostaríamos de ter uma palavra com você", afirmou Lopez com firmeza. "Temos motivos para acreditar que você pode possuir informações sobre o paradeiro de Michael, um homem procurado de Miami."

Os policiais foram examinados pelo homem, seus olhos se estreitando. "Eu não ouvi falar de ninguém chamado Michael", ele resmungou, tomando um gole deliberado de sua bebida.

Inclinando-se, Lopez falou em um tom abafado. "Ouça, estamos cientes de suas conexões. Se você nos ajudar a localizar esse cara, eu lhe devo um favor significativo. Você nunca sabe quando pode precisar de um favor em troca."

El Puma ponderou a oferta, considerando cuidadosamente suas opções. Depois de um momento tenso de silêncio, ele finalmente falou. "Tudo bem, eu posso ter algumas informações.

Com base na inteligência coletada nas ruas, circulam rumores sobre um homem conhecido como "El Senior Cubano" que está escondido em uma cidade próxima. Os detalhes disponíveis são escassos, mas as fontes parecem confiáveis.

El Cubano é uma figura indescritível, possivelmente envolvida em atividades clandestinas. Os moradores têm mantido silêncio sobre seu paradeiro e ações, mas há rumores sugerindo avistamentos dele nos arredores da cidade vizinha.

A natureza exata de seu envolvimento e as razões de sua necessidade de se esconder permanecem obscuras. No entanto, o fato de ele ser conhecido apenas pelo pseudônimo "El Cubano" sugere possíveis laços cubanos ou origem cubana. Ele está deliberadamente mantendo um perfil discreto por razões desconhecidas, mas entrarei em contato com você se ouvir alguma coisa."

Enquanto isso, Gabriel e Michael aguardavam ansiosamente um telefonema de Raphael Santos. Raphael estava gerenciando os negócios da PMC durante a ausência de Michael por alguns meses.

Gabriel tinha acabado de informar a Michael que voltaria a Miami nos próximos dias. Esta notícia trouxe uma sensação de alívio para Michael, sabendo que o retorno de Gabriel traria liderança e estabilidade muito necessárias para o Miami Syndicate.

Com o passar dos minutos, a impaciência de Gabriel cresceu, antecipando ansiosamente a ligação de Raphael. Eles precisavam de uma atualização abrangente sobre o status das operações em andamento e quaisquer questões urgentes que pudessem ter surgido antes de Gabriel cruzar a fronteira. Ele queria evitar surpresas.

As atividades do PMC exigiam supervisão constante e pronta tomada de decisão. Com Michael fugindo, Raphael Santos estava carregando um fardo pesado para manter as operações tranquilas.

"Ouça, Gabriel, tenho algo a lhe dizer. Eu sei que você sempre discordou da minha decisão, mas me escute. Em algumas semanas, estarei cruzando e voltando para Miami, e acredito firmemente que é a escolha certa para mim", expressou Michael, com a voz cheia de convicção. "Gabriel, eu entendo suas preocupações - Cancún pode ser um lugar perigoso, especialmente para alguém como eu; não pertencemos aqui, e nossas diferenças são perceptíveis, apesar de falarmos espanhol. Essa é apenas uma das razões por trás da minha decisão. Eu conheço Miami como a palma da minha mão. Tenho conexões lá, família e pessoas de confiança que podem me manter escondido."

"Pode ser mais fácil para mim desaparecer lá do que aqui em Cancún", continuou Michael, enfatizando sua convicção. "Além disso, poderei me misturar muito melhor. Gabriel, eu pensei bem sobre isso, eu prometo. Tudo vai ficar bem."

O rosto de Gabriel mostrou preocupação, sua testa franzida de preocupação. "Mas eu quero garantir sua segurança", ele implorou. "Cancun pode ser esmagadora, mas em Miami, você estará se colocando em perigo."

Colocando a mão no braço de Gabriel, Michael olhou para ele. "Às vezes, Gabriel, você só precisa arriscar."

"Tudo bem, Michael, ouça com atenção. Você é um homem procurado, um fugitivo em fuga, e quando você cruzar para Miami, você terá que obedecer a um conjunto totalmente diferente de regras. Não há espaço para erros, entendeu?" Gabriel falou com autoridade, fornecendo instruções.

"Em primeiro lugar, você precisará de telefones descartáveis, um para cada pessoa com quem você precisa se comunicar. Nenhuma conexão entre seus associados pode ser rastreada. Torne o mais difícil possível para qualquer pessoa rastrear seus movimentos ou comunicações."

"E você precisará de um motorista resoluto, sem exceções. Eu sei que você acredita que pode administrá-lo, mas precisa ter extrema cautela - Miami não é um passeio no parque. Um único passo em falso e o jogo acaba. O motorista deve ser totalmente confiável; alguém em quem você confia sua vida."

"Olha, eu entendo que você está acostumado a dar as ordens, mas este é um jogo diferente. É um assunto sério. Se você errar, não será apenas sua vida em risco. Então, siga essas regras ao pé da letra, você entende? Sem atalhos, sem exceções. Todos os aspectos devem ser infalíveis, estanques e à prova de balas.

Isso não é um jogo, Michael; é a sua vida. Portanto, é crucial que você tenha todos os detalhes elaborados e todos os planos de contingência em vigor. Se você não fizer isso, não será apenas você quem pagará o preço. Me entende?

Poucos dias depois, Gabriel e Michael estavam comendo algo em um caminhão de lancheira na esquina da rua quando um garoto se aproximou deles.

"Ei, eu tenho uma mensagem para Cubita da Puma", disse o garoto.

Gabriel e Michael trocaram olhares. "OK, qual é a mensagem?" Michael respondeu.

"Alguns gringos têm feito perguntas sobre Michael. Eles querem saber onde encontrá-lo", respondeu o garoto.

Michael franziu a testa. "Então, eles de alguma forma

sabem que estou aqui? Droga, isso não é bom."

"Sim, cara. Puma disse para dizer para você manter um perfil discreto e ficar seguro", disse o garoto antes de se virar e desaparecer de volta na rua lotada.

Gabriel deu uma mordida em seu taco, sua mente acelerada. "Esses são os federais de novo?"

Michael balançou a cabeça. "Se esses gringos estão perguntando por aí, não pode ser bom."

Os dois homens terminaram rapidamente o almoço, uma sensação de desconforto tomando conta deles.

Foi um acordo silencioso que sua jornada os havia mudado, deixando uma marca que não desapareceria facilmente, mesmo quando eles voltassem à familiaridade do pulso vibrante de Miami. Julian se virou para Jackie, seus olhos queimando com intensidade apaixonada. "Não consigo parar de pensar no que quase aconteceu lá atrás. Você se sente da mesma maneira?" Jackie fez uma pausa e Julian falou com firmeza: "Talvez um dia possamos terminar o que começamos?"

O coração de Jackie disparou, dividido entre o desejo de ceder aos seus sentimentos e o peso de seus votos. Ela olhou nos olhos suplicantes de Julian, suas próprias emoções girando. "Precisamos esquecer aquele momento", disse ela, sua voz pouco acima de um sussurro. "Eu sou uma mulher casada."

As palavras pairavam no ar, um lembrete agridoce da realidade que enfrentavam. Julian sentiu seu coração afundar, a decepção tomando conta dele. No entanto, um vislumbre de esperança permaneceu, pois Julian sabia que a faísca entre eles era inegável.

Enquanto continuavam sua caminhada pelo aeroporto, os dois foram deixados para lidar com a intensidade de sua conexão, sabendo que o caminho à frente não seria fácil. No entanto, as faíscas apaixonadas acesas naquele dia se recusaram a ser extintas, prometendo um futuro onde eles poderiam finalmente encontrar coragem para explorar as profundezas de seus sentimentos.

Capítulo 18

MAIS PERTO DO QUE NUNCA

TO escritório de campo de Miami fervilhava de atividade enquanto os membros da equipe se reuniam para sua reunião diária. Diferentes unidades de investigação se misturaram, participando de conversas silenciosas sobre criminosos notórios e suas últimas atividades maliciosas nas ruas.

Após a chegada do vice-diretor da força-tarefa, o silêncio caiu sobre o grupo. Com uma presença dominante, o capitão se dirigiu a eles: "Bom dia, equipe. Vamos ouvir as atualizações. Forneça-me o progresso em nossos casos pendentes.

O detetive Smith, o principal investigador do caso de roubo de joias de alto perfil, deu um passo à frente. "Senhor, fizemos progressos significativos. As imagens de vigilância identificaram o motorista da fuga e obtivemos um mandado de prisão para ele. Rastrear os membros restantes da tripulação provou ser mais desafiador, mas estamos nos aproximando deles."

O diretor da força-tarefa assentiu, sua expressão severa. "Excelente trabalho, Sanchez. Mantenha a pressão. Não podemos permitir que esses criminosos escapem da justiça."

O detetive Lorenzo, encarregado da Unidade de Narcóticos, limpou a garganta. "Diretor, interrompemos uma grande operação de tráfico de drogas. A operação da noite passada resultou na apreensão de mais de um milhão de dólares em cocaína, e prendemos os três indivíduos. O interrogatório está em andamento e esperamos descobrir toda a extensão dessa rede de narcóticos."

Um murmúrio de aprovação se espalhou pela sala. Os olhos do diretor da força-tarefa, Murphy, se estreitaram e ele disse: "Bom, Morales. Mantenha-me atualizado sobre quaisquer novos desenvolvimentos. Precisamos garantir que esse indivíduo permaneça atrás das grades por um tempo considerável."

Durante a reunião, os membros da equipe compartilharam atualizações sobre seus respectivos casos, cada um mais intrigante que o anterior. Um senso de camaradagem e determinação encheu o ar enquanto esses experientes profissionais da lei trabalhavam incansavelmente para manter a segurança das ruas de Miami.

O detetive Julian Prat começou a contar os detalhes do caso do Miami Syndicate, mas o vice-diretor Murphy da força-tarefa o interrompeu rapidamente. "Pare aí. Precisamos discutir vários assuntos em particular. Encontre-me em meu escritório após a reunião."

O tom do diretor da força-tarefa não deixou espaço para debate, transmitindo sua seriedade. Julian Pratt acenou com a cabeça em compreensão, ciente de que o que quer que ele estivesse prestes a revelar tinha peso suficiente para justificar uma conversa privada.

Quando a reunião terminou, Julian e Jackie foram até o escritório do vice-diretor, sua mente correndo com possibilidades. Ele tropeçou em algo que comprometeu o protocolo? Havia implicações políticas que ele não havia considerado? A incerteza o atormentava, mas ele sabia que tinha que enfrentar as perguntas do vice-diretor de frente.

Batendo na porta, Julian e Jackie entraram no escritório, preparando-se para a discussão iminente. O vice-diretor Murphy gesticulou para que eles se sentassem, o ar estava denso com palavras não ditas, cada segundo passando aumentava o peso da antecipação.

"Vocês dois, preciso de total honestidade em relação ao

seu conhecimento do caso de Miami. Esta é uma situação delicada e não podemos nos dar ao luxo de dar nenhum passo em falso."

Julian Prat respirou fundo e começou a contar os detalhes, sem omitir nada. Ele entendeu que a resposta do Diretor determinaria o próximo curso de ação, e ele e Jackie estavam preparados para enfrentar as consequências, quaisquer que fossem.

"Ok, deixe-me ser claro. Existem dois fatores preocupantes. Acabei de receber um telefonema do sul, indicando que Michael Cruz está de volta aos Estados Unidos. Ele pode estar bem aqui em Miami, então fique atento. Não deixe pedra sobre pedra, entendeu?"

"No entanto, não podemos divulgar o retorno de Michael a ninguém. Já tivemos um membro da equipe comprometendo nossas informações antes, então vamos manter essas informações estritamente confidenciais. O elemento surpresa está do nosso lado e devemos capitalizá-lo. Lembre-se, lábios soltos afundam navios.

"Eu sei que é tentador compartilhar essa notícia com todos, mas devemos supervisioná-la discretamente. Estou contando com você para mantê-lo em segredo enquanto desenterra qualquer informação sem chamar atenção excessiva. Este pode ser o nosso avanço, mas precisamos ser inteligentes sobre isso. Não há espaço para erros desta vez."

"Apenas fique alerta, mantenha um perfil discreto e descubra o que puder. Com um pouco de sorte, capturaremos essa cobra esquiva antes que ela escape novamente. Conto convosco. Vamos fazer isso acontecer."

Quando os detetives Julian e Jackie deixaram o escritório do diretor, seus corações dispararam com uma mistura de descrença e urgência. A notícia que eles tinham acabado de receber era como uma bomba-relógio - Michael, seu fugitivo há muito perdido, estava em Miami, e ele não era a mesma pessoa que eles conheciam.

As palavras do diretor da força-tarefa reverberaram em suas mentes: "Ele está em Miami e se tornou arrogante. Devemos alcançá-lo antes que ele nos iluda mais uma vez. O peso da responsabilidade pairava pesadamente no ar, obrigando Julian e Jackie a agir rapidamente.

Enquanto isso, no lado oposto da cidade, Gabriel Ramirez e Raphael Santos ocuparam um banco de parque no Tropic Park, no sul de Miami. Seus tons abafados escondiam a natureza ilícita de sua conversa. Raphael Santos não perdeu tempo e foi direto ao ponto. "Agora temos três escritórios em funcionamento, com pessoal completo com nossos recrutas. Eles estão gerando um fluxo constante de pacientes, gerando lucros substanciais das seguradoras.

Gabriel assentiu, seus olhos se estreitando com determinação. "E os recrutas? Como está o processo de recrutamento?"

Raphael Santos respondeu com uma pitada de orgulho em sua voz: "Está se expandindo rapidamente. Atualmente, temos oito indivíduos de prontidão, todos dispostos a dobrar as regras para encher nossos bolsos.

Os dois homens riram sombriamente, plenamente conscientes de que seu esquema fraudulento de saúde estava florescendo, sacrificando a ética médica pelo fascínio de ganhos ilícitos. "Perfeito," disse Gabriel, juntando as mãos. "Continue recrutando e garanta que os escritórios continuem produzindo as contas. Vamos ordenhar essa vaca leiteira por tudo o que vale a pena.

Raphael sorriu em concordância. "Considere feito. Esta será uma pontuação significativa."

Ouça Gabriel enquanto você se aproximava, notei um comportamento inquieto e uma testa franzida. Preocupado, Raphael perguntou a Gabriel: "Você parece perturbado, Gabriel. É evidente em seu rosto. O que há de errado?"

Gabriel suspirou, sua expressão sombria. "Tudo está indo conforme o planejado, mas tenho algumas reservas sobre Michael. Ele está a caminho daqui."

Os olhos de Raphael se arregalaram em alarme. "Ele não deveria ficar no esconderijo em Nápoles? Eu o aconselhei especificamente a permanecer lá, mas agora ele quer vir para Miami."

A frustração de Gabriel era evidente em sua voz. "Isso

pode introduzir vários problemas e atrair atenção indesejada para nossa operação."

"Droga, Michael nunca ouve", murmurou Raphael, beliscando a ponta do nariz. "Ele percebe os riscos aos quais está sujeitando todos nós? Estamos administrando um navio apertado aqui, e um único passo em falso pode fazer tudo desabar."

Gabriel balançou a cabeça, expressando sua exasperação. "Não, ele não faz. Você sabe o quão impulsivo ele é, sempre pensando que é invencível. Eu disse a ele para se retirar, mas você sabe como isso geralmente acontece."

Raphael emitiu uma risada amarga. "É como falar com uma parede de tijolos. Devemos encontrar uma maneira de detê-lo antes que ele exponha toda a nossa operação. Não podemos nos dar ao luxo de cometer erros, especialmente considerando todo o esforço que investimos."

Gabriel entrou em seu Porsche vermelho e acelerou pela estrada deserta. Seu próximo destino era ver Sophia, mas ele não conseguiu alcançá-la desde seu retorno. Os negócios tiveram precedência; distrações estavam fora de questão.

A culpa o atormentava. Sophia tinha sido sua confidente mais próxima, a única pessoa que o entendia melhor do que ninguém. No entanto, depois do que ele fez, como ele poderia enfrentá-la? O peso da vergonha pesava sobre os ombros de Gabriel, um fardo solitário para carregar.

A cada quilômetro que passava, a mente de Gabriel disparava. Sophia gostaria de vê-lo? Ela seguiu em frente, seguindo em frente com sua vida sem ele? A incerteza o encheu de pavor. Ele a havia machucado antes, e o pensamento de repetir essa dor era quase insuportável.

No entanto, ele sabia que tinha que vê-la, mesmo que fosse tarde demais, para tentar fazer as pazes. Sophia merecia uma explicação e uma chance de entender por que ele havia desaparecido por tanto tempo. No mínimo, Gabriel devia muito a ela.

Parando no estacionamento do The Valet no prédio onde Sophia trabalhava em Brickell, perto do centro de Miami, Gabriel respirou fundo, preparando-se para o confronto. Ele sabia que tinha que enfrentá-lo de frente, sem mais correr, sem mais se esconder. Era hora de confrontar seu passado e esperar que Sophia estivesse disposta a perdoá-lo.

Enquanto esperava no saguão, ele agarrou com força a dúzia de rosas que trouxera. Cada minuto parecia uma eternidade enquanto o relógio passava. Ele antecipou que ela sairia para sua pausa habitual na hora do almoço a qualquer momento.

Este foi o momento que ele temia e antecipou simultaneamente. Ela aceitaria seu gesto ou o rejeitaria imediatamente, esmagando qualquer esperança que ele tivesse de reconciliar seu relacionamento tumultuado?

O elevador tocou, e lá estava ela - sua amada, caminhando propositalmente em direção à saída. Esta era sua chance. Ele reuniu os nervos e deu um passo à frente, estendendo as rosas.

"Sophia, eu preciso falar com você", ele proferiu, sua voz cheia de remorso. "Cometi um erro e sinto muito. Eu os trouxe para você como uma oferta pacífica.

Sophia parou no meio do caminho, arregalando os olhos ao ver as flores. Por um momento, ele ousou ter esperança. No entanto, sua expressão endureceu sua mandíbula.

"Eu não tenho tempo para isso, Gabriel", disse ela friamente. "O que quer que você tenha a dizer, salve. Eu terminei."

Com essas palavras, ela se virou e foi embora, deixando-o parado ali com o coração despedaçado e as rosas penduradas frouxamente em sua mão. Ele apostou tudo neste último esforço e perdeu. A batalha acabou antes mesmo de começar.

Enquanto Sophia caminhava em direção à garagem do funcionário, Gabriel se virou e se dirigiu para a frente do prédio. O manobrista ficou na entrada, pronto para ajudar o próximo hóspede que chegasse.

Passando pelo saguão, Gabriel notou uma fileira de cadeiras revestindo as paredes. Sem hesitar, ele colocou o buquê de rosas em um dos assentos vagos, um gesto silencioso que parecia certo naquele momento.

Continuando seu caminho em direção à saída, Gabriel não pôde deixar de sentir uma pontada de introspecção. As flores antes destinadas a Sophia, agora estavam sozinhas no saguão, simbolizando sua conexão não resolvida e oportunidades perdidas.

Dirigindo pela Brickell Avenue, Gabriel admirou a vista deslumbrante do horizonte de Miami quando seu telefone tocou de repente. Olhando para baixo, ele viu um número desconhecido exibido na tela. Instintivamente, ele optou por não atender, deixando a ligação ir para o correio de voz.

Algo sobre o interlocutor desconhecido o deixou desconfortável. Em uma época de conectividade constante, chamadas não solicitadas de números estranhos geralmente sugeriam possíveis fraudes, tentativas de phishing ou outras atividades maliciosas. Gabriel não conseguia se livrar da sensação de que se envolver com esse grupo desconhecido só levaria a problemas.

Naquela noite, enquanto Gabriel percorria suas chamadas perdidas, seu polegar pairava sobre o número desconhecido, tentado a excluir as mensagens de voz sem pensar duas vezes. No entanto, algo o obrigou a ouvir - um instinto ou simplesmente uma curiosidade mórbida. Para seu choque total, era a voz de Sophia do outro lado da linha.

A paixão corria nas veias de Gabriel enquanto ele ouvia a mensagem em seu correio de voz, seu coração batendo forte.

Em sua mensagem, Sophia explicou em detalhes como ela caminhou até seu carro, sua mente acelerada, incapaz de se livrar da sensação de que precisava voltar. Algo lá no fundo a compeliu. Sophia voltou apressadamente para o saguão, a esperança queimando em seu peito.

Empurrando as portas, os olhos de Sophia examinaram desesperadamente a área. Mas tudo o que a saudou foi uma visão que a fez prender o fôlego - uma dúzia de rosas, suas pétalas vibrantes declarando silenciosamente sua presença, descansando em uma cadeira solitária.

Enquanto Gabriel ouvia a mensagem de voz de Sophia pela segunda vez, suas palavras ressoaram com vulnerabilidade e saudade. Quando a mensagem terminou, ele viu o número aparecer na tela. Sem hesitar, Gabriel respondeu: "Olá, Sophia".

A voz de Sophia tremeu quando ela respondeu: "Não sei o que fazer, mas não posso evitar. Eu quero ver você." O coração de Gabriel doía com a dor nas palavras de Sophia. Com gentil compreensão, ele respondeu: "Eu quero ver você também. Precisamos descobrir isso juntos."

A compaixão no tom de Gabriel serviu como um bálsamo calmante, oferecendo a Sophia uma sensação de conforto e segurança. Gabriel sabia que, quaisquer que fossem os desafios que enfrentassem, eles os enfrentariam com empatia e cuidariam uns dos outros.

"Estou aqui, Sophia", disse Gabriel tranquilizador, "e não vou a lugar nenhum. Vamos encontrar uma maneira de fazer isso funcionar, eu prometo."

No silêncio da sala, os corações de Gabriel e Sophia conversavam em tons abafados de profunda compreensão, uma sinfonia silenciosa que só eles podiam ouvir. O mundo ao redor deles se desvaneceu em um borrão. Naquele momento, ambos sabiam que seu vínculo era mais forte do que qualquer obstáculo que estivesse em seu caminho.

Capítulo 19

REVELAÇÃO DO SINDICATO DE MIAMI

G Abriel, malhando na academia de seu prédio, recebeu uma ligação em seu celular clonado, um número conhecido apenas por Michael. "E aí, Mike? Vamos nos encontrar. Precisamos discutir alguns assuntos importantes que requerem atenção", respondeu Gabriel. "Claro, vamos nos encontrar para um happy hour no Coconut Grove Bar and Marina", sugeriu Michael.

Quando Michael entrou no movimentado bar e na marina, os sons familiares de copos tilintando e conversas animadas imediatamente encheram a sala. Seus olhos examinaram a área até pousarem em Gabriel, sentado em seu canto habitual com as costas contra a parede, observando atentamente a entrada. Michael não pôde deixar de rir, sabendo que algumas coisas nunca mudaram. Gabriel, seu velho amigo e um cara experiente e sábio, sempre manteve uma postura protetora, avaliando todos que entravam pela porta. Era um hábito profundamente enraizado em seus anos navegando no submundo arenoso.

Michael desejava ansiosamente se envolver mais nas atividades da Equipe de Manipulação de Produtos (PMC), assim como antes de se tornar um fugitivo. Ele se sentou no bar e pediu uma bebida forte, ansioso para alcançar Gabriel. Enquanto o líquido âmbar queimava sua garganta, as memórias de seus dias selvagens em Cancún inundavam sua conversa - as aventuras aventureiras, as festas selvagens que duravam a noite toda e a emocionante descarga de adrenalina. Perdidos na nostalgia nebulosa, os dois riram, saboreando aqueles dias passados.

No entanto, a conversa logo mudou para os negócios. Michael confessou seu desejo de fazer parte da ação mais uma vez, de experimentar a emoção e a emoção em sua vida. Gabriel entendeu e rapidamente o tranquilizou: "Eu entendo, cara. Eu lhe dou sua parte todos os meses de nossas negociações. Mas, realisticamente, você ainda é um fugitivo. Eles estão procurando por você em cada esquina."

A expressão de Gabriel ficou séria quando ele continuou: "Não podemos permitir que os investigadores tropecem em nossa operação. Precisamos ter extrema cautela, tanto para o nosso bem, se quisermos manter a prosperidade da PMC. O peso de sua situação começou a afundar quando eles pediram outra rodada, e os dois amigos caíram em um silêncio solene, cada um perdido em seus pensamentos sobre o jogo de alto risco que estavam jogando.

"Quero te perguntar uma coisa e espero uma resposta honesta. Você teve um relacionamento com Betty, a esposa de Randy?" Gabriel perguntou. Michael permaneceu em silêncio por alguns minutos antes de responder: "Sim".

Gabriel olhou para ele com o canto do olho e questionou: "Eu não entendo. Por que você se envolveria com uma mulher casada? Randy também não estava envolvido em nossos negócios ilegais?

"Esse é um pecado capital", continuou Gabriel. "As precauções que tomamos tornam quase impossível estarmos implicados em qualquer crime. No entanto, você arriscou tudo pela luxúria de uma mulher?"

Michael se mexeu desconfortavelmente, suas asas dobrando-se firmemente contra suas costas. "Ela não era uma mulher qualquer, Gabriel. Betty era... diferente. Eu não pude resistir aos seus encantos."

Gabriel balançou a cabeça, sua expressão grave. "Você conhece as regras. Somos mantidos em um padrão mais elevado. Nossa espécie não pode se dar ao luxo de tais indiscrições, não importa o quão tentador seja o prêmio.

Michael permaneceu em silêncio, o peso de suas ações afundando. Ele entendeu os riscos que havia corrido, mas o fascínio de Betty foi avassalador. Agora, enquanto as consequências ameaçavam desvendar sua teia cuidadosamente construída, ele percebeu a gravidade de seu erro.

Os dois amigos sentaram-se em silêncio total, cada um lutando com as implicações da indiscrição de Michael. O jogo de apostas altas que eles estavam jogando agora parecia mais precário do que nunca, e ambos sabiam que as consequências poderiam ser catastróficas.

Gabriel olhou para Michael com uma expressão pensativa. Com um sorriso malicioso, ele colocou suas cartas na mesa e soltou uma risada. "Michael, seu bastardo louco. Espero que Betty tenha valido a pena", disse ele, balançando a cabeça. "Quando ouvi falar de você e Betty, quase cuspi minha bebida. Eu deveria ter suspeitado de algo quando de repente você teve que fazer aquela 'viagem de negócios prolongada'. Você estava fugindo da lei ou talvez de sua esposa?"

"Ouça, Michael, no final do dia, você é meu irmão no crime, e estamos nessa coisa de PMC para o resto da vida, sabe?" Gabriel continuou. "Sem você, nada disso teria acontecido. Construímos esta organização do zero juntos."

Ele se recostou na cadeira, uma mistura de orgulho e contemplação em seu rosto. "Esta organização vai durar mais que nós, cara. Estabelecemos uma estrutura sólida e um plano bem pensado. É o nosso legado, você e eu. E vai durar muito depois que partirmos."

Gabriel estendeu a mão e deu um aperto firme no ombro de Michael. "Não importa o que aconteça, isso sempre será nosso. Nós fizemos isso, mano. E eu não faria de outra maneira." Gabriel olhou para o relógio. "Eu tenho que sair logo. Vou me encontrar com Sophia para jantar. Tenha cuidado, Michael. Sempre tome cuidado."

Gabriel e Sophia entraram no restaurante mal iluminado, momentos de silêncio entre eles. Eles deslizaram para dentro de uma cabine, evitando contato visual enquanto Gabriel se concentrava no menu, seus dedos batendo nervosamente contra a superfície laminada. Palavras não ditas pairavam pesadamente no ar, o peso da confissão de Gabriel sobrecarregando os dois.

Depois do que pareceu uma eternidade, Gabriel quebrou o silêncio. "Tudo bem, Sophia, eu precisava de um tempo sozinha. Isso é tudo o que era. Eu não estava com ninguém... Eu estava sozinho. Não é o que parece."

Sophia finalmente encontrou o olhar de Gabriel, procurando por quaisquer sinais de engano. A vulnerabilidade na voz de Gabriel puxou o coração de Sophia. Ela queria desesperadamente confiar em seu parceiro, acreditar que tudo era tão simples quanto Gabriel afirmava.

"E o que é isso, Gabriel?" O tom de Sophia carregava uma mistura de preocupação e acusação. "Porque de onde estou sentado, certamente parece que você está escondendo algo de mim."

O olhar de Gabriel vacilou, brincando distraidamente com a borda do menu. "Eu... Eu tenho passado por muita coisa ultimamente, sabe? Eu precisava de algum espaço para descobrir as coisas por conta própria. Eu nunca quis fazer você se preocupar."

Gabriel soltou um suspiro pesado, sentindo a luta escorrer de seu corpo. Ele estendeu a mão sobre a mesa, colocando cautelosamente a mão sobre a de Sophia. "Você sabe que pode falar comigo, certo? Seja o que for, vamos enfrentá-lo juntos."

Sophia soltou um suspiro profundo, a luta deixando seu corpo. "Gabriel, deixe-me explicar uma coisa para você. Quando você apareceu no meu escritório naquele dia, eu não pude acreditar no que estava vendo. No início, a excitação me dominou, mas depois uma onda de horror tomou conta de mim, sabendo que era você. Então, eu fui embora. No entanto, eu não conseguia me livrar dos pensamentos. Voltei porque queria saber quem você realmente é."

Ela fez uma pausa, reunindo seus pensamentos. "Você era o homem que eu amava, aquele que eu achava que conhecia melhor do que ninguém. Mas a notícia sobre o esquema de fraude de seu amigo Michael destruiu tudo. Eu tenho tantas perguntas em minha mente. Quem é o homem que eu amava? Alguma parte do nosso relacionamento era real ou era tudo mentira? E quanto ao seu amigo Michael - você conspirou com ele?"

Os olhos de Sophia procuraram o rosto de Gabriel, desesperados por respostas. "Eu preciso entender, Gabriel. Eu preciso saber a verdade, não importa o quão doloroso possa ser. Porque o homem que eu achava que conhecia não seria capaz de tal engano e traição. Então, por favor, me ajude a entender isso. Quem é você?"

O peso de suas palavras pairava pesado em suas mentes e preenchia o espaço entre eles. A expressão de Gabriel era ilegível, uma mistura de emoções piscando em suas feições. Foi um momento de acerto de contas, uma chance para ele desnudar sua alma e confrontar seu passado.

"Olha, eu só vou explicar isso para você. Michael é meu amigo de longa data, e nosso relacionamento sempre foi de apoio mútuo e compreensão. Embora eu esteja ciente de que ele esteve envolvido em algumas atividades questionáveis, tomei uma decisão consciente de separar suas escolhas pessoais de nossa amizade.

"Meu papel como amigo não é julgar ou entrar nos detalhes de suas ações, mas sim oferecer um ouvido atento e um ombro para se apoiar quando necessário. Não tolero nenhum comportamento ilegal ou antiético, mas também acredito que a verdadeira amizade transcende as falhas e erros de um indivíduo.

"Independentemente do que Michael possa ou não ter feito, continuarei a estar lá para ele como uma presença de apoio em sua vida. Isso não significa que ajudarei ou incentivarei quaisquer atividades ilegais, mas sim que fornecerei apoio emocional e incentivo para que ele faça mudanças positivas, caso decida fazê-lo.

"É importante entender que minha lealdade está em nossa amizade, não em quaisquer ações ou escolhas específicas que ele tenha feito. Embora eu possa não ter conhecimento direto dos detalhes de suas supostas atividades fraudulentas, não trairei a confiança que ele depositou em mim, expondo informações pessoais ou especulando sobre assuntos que não são da minha conta.

"Sophia, minha querida, você precisa confiar em mim se quisermos fazer isso funcionar. É por isso que estou aqui, olhando profundamente em seus olhos mais uma vez. Minha paixão queima por você quando eu estendo a mão, acariciando sua bochecha macia, sentindo aquela faísca familiar entre nós. "Olhe para mim", eu sussurro, seus lindos olhos se fechando com os meus. 'Eu sou um livro aberto diante de você. Você pode ver em minha alma. Não há mais segredos, não há mais mentiras entre nós.

Sophia deveria saber melhor, mas seu coração a traiu

mais uma vez quando ela se viu olhando nos olhos de Gabriel. A paixão e o desejo que ela sentia eram inegáveis, apesar de todas as suas tentativas de seguir em frente.

"Sinto falta de ir a clubes e dançar com você", ela admitiu, apertando as mãos dele. "E depois voltar para o seu apartamento..."

Gabriel sorriu, já sabendo para onde isso estava indo. "Onde eu lhe daria uma das minhas massagens lendárias?"

Sophia mordeu o lábio. Aquelas noites de soltura na pista de dança, pingando de suor e relaxado, apenas para ver suas mãos fortes resolverem cada torção e nó depois - era o puro prazer que Sophia não experimentava desde o rompimento.

Parte de Sophia sabia que ela estava sendo imprudente e irracional. Gabriel era seu ex por um motivo. Mas a química entre eles era tão explosiva como sempre.

"Só mais uma noite?" ela deu a ele um sorriso travesso. "Pelo amor dos velhos tempos?"

Gabriel não precisou ser perguntado duas vezes. Ele puxou Sophia para perto até que ela pudesse sentir sua respiração em sua pele. "Você sabe que eu nunca posso resistir a você, menina."

Seus lábios colidiram com uma fome fervorosa. Sophia amaldiçoou seu coração fraco, mas não havia como parar essa recaída em paixão ardente.

Gabriel olhou para Sophia com olhos intensos. Em voz baixa, ele perguntou: "Você está dizendo que esta é a nossa última noite juntos?"

Sophia sorriu. "Se esta é a nossa última noite, quero fazer certo. Quero reviver nossa primeira noite juntos." Ela se aproximou, passando os dedos ao longo do peito dele. "Vamos dançar de novo como fizemos quando nos conhecemos. Não tenha pressa e construa nosso desejo um pelo outro. Vamos fazer disso uma noite que nunca esqueceremos."

Sem dizer uma palavra, Gabriel pegou a mão dela e a levou para fora de seu Porsche vermelho. Eles aceleraram em direção às luzes fluorescentes e ritmos latinos pulsantes de seu clube de salsa favorito em frente ao aeroporto de Miami.

A partir do momento em que entraram no clube, faíscas reacenderam entre Gabriel e Sophia. As batidas pulsantes da salsa pareciam correr em suas veias, atraindo-os para a pista de dança.

Gabriel puxou Sophia para perto, seus corpos se moldando como se tivessem sido feitos para este momento. Suas curvas pressionaram contra seu corpo tonificado, acendendo um desejo ardente que estava fervendo sob a superfície por muito tempo. Sua mão traçou a parte inferior de suas costas, guiando-a através de movimentos sensuais enquanto eles se moviam perfeitamente pelo chão.

Seus olhos se fecharam, ardendo com saudades e promessas não ditas. O olhar de Sophia o desafiou a ir mais longe, desafiando-o a ultrapassar todos os limites. Os lábios de Gabriel se curvaram em um sorriso diabólico, aceitando o convite enquanto ele a mergulhava baixo, sua respiração quente contra a pele sensível de seu pescoço.

Naquele abraço acalorado, as batidas fortes, gritos de encorajamento de colegas dançarinos, até mesmo a umidade pegajosa no ar - tudo se tornou ruído branco. Tudo o que importava era a conexão entre eles, a atração inegável que os fazia perseguir os altos e baixos de sua dança apaixonada.

Com cada mergulho, giro e rolagem de seus quadris contra os dele, a tensão aumentava a um ponto de ebulição. Os dedos de Sophia percorreram seu pescoço, causando arrepios na espinha. O aperto de Gabriel em sua cintura apertou possessivamente, silenciosamente reivindicando.

No momento em que as batidas finais e estrondosas desapareceram, ambos estavam ofegantes, os peitos arfando com o esforço de conter o desejo furioso que ameaçava consumi-los inteiros. O magnetismo entre eles era inegável, a promessa da noite ainda por se desenrolar pairava pesada no ar carregado.

Os olhos de Sophia ardiam com luxúria desenfreada enquanto ela olhava para Gabriel. Seu peito largo subia e descia a cada respiração irregular, músculos ondulando sob sua camisa. A música ainda pulsava em suas veias, alimentando a fome primitiva que destruia seu autocontrole.

"Mostre o caminho, Gabriel", Sophia ronronou, mordendo o lábio. Agarrando sua mão, ela o seguiu para fora do clube lotado para o ar fresco da noite. A tensão sexual acendeu entre eles como um fio vivo.

Assim que eles tropeçaram na porta de seu apartamento, Sophia o prendeu contra a parede, seu corpo encostado no dele. O desejo corria em suas veias enquanto seus lábios se chocavam em um beijo febril. As mãos vagavam avidamente sobre as formas trêmulas, rasgando as roupas até que elas ficassem espalhadas pela cama.

Ofegantes, eles se agarraram um ao outro, um emaranhado suado de membros na cama. A necessidade bruta sobrepujou quaisquer inibições persistentes à medida que se moviam juntas com urgência crescente. A cama rangeu no ritmo de suas estocadas apaixonadas até que finalmente se quebraram, gritando em êxtase inesquecível.

Sophia desabou em cima do peito arfante de Gabriel com um suspiro satisfeito. Ela traçou círculos preguiçosos em sua pele lisa enquanto ele penteava os dedos pelo cabelo desgrenhado dela. Embora deliciosamente gastos, brasas fumegantes ainda brilhavam em seus olhos.

Gabriel estava imóvel na cama, lençóis emaranhados nas pernas, enquanto Sophia saía de debaixo das cobertas. Com indiferença casual, ela juntou suas roupas e se dirigiu ao banheiro, o som de água corrente preenchendo o silêncio.

Quando ela saiu, com uma toalha enrolada em seu corpo, Gabriel observou cada movimento dela com uma mistura de curiosidade e apreensão. Sophia demorou para se vestir, evitando propositalmente o olhar dele.

Finalmente, ela se acomodou na beira da cama. "O que você está fazendo?" Gabriel perguntou, sua voz grossa de desconforto.

Sophia se virou para encará-lo, seus olhos resolutos. "Eu não vou passar a noite, Gabriel. Vou fazer o que vim fazer aqui. Vou terminar isso do meu jeito." Ela fez uma pausa, deixando o peso de suas palavras afundar. "Este é o meu fim, não o seu. E também vou lhe dizer o que vim dizer aqui.

Gabriel sentiu seu coração bater forte em seu peito. Ele sempre soube que esse dia chegaria, mas nada poderia tê-lo preparado para a finalidade no tom de Sophia.

Ela respirou fundo. "Estamos dançando em torno disso há muito tempo. Não posso mais fingir que o que temos é suficiente para mim." Seu olhar se fixou no dele, inabalável. "Eu quero mais, Gabriel. Quero um compromisso real, um futuro juntos. E se você não pode me dar isso, então eu tenho que ir embora."

A sala ficou em silêncio, exceto pelos sons abafados do tráfego do lado de fora. Gabriel procurou o rosto de Sophia, procurando por qualquer indício de hesitação, qualquer resquício de dúvida. Mas não havia nenhum.

"Eu te amo", disse ele finalmente, as palavras parecendo vazias e inadequadas. "Mas não sei se posso lhe dar o que você quer."

Sophia assentiu lentamente, sua expressão uma mistura de tristeza e resignação. "Então eu acho que isso é um adeus." Ela se levantou da cama, recolhendo o último de seus pertences.

Gabriel assistiu impotente enquanto ela se movia em direção à porta, cada fibra de seu ser gritando para ele detê-la, para dizer algo – qualquer coisa – para fazê-la ficar. Mas as palavras não viriam.

E assim, ela se foi, deixando Gabriel sozinho com os ecos de seu relacionamento despedaçado e a percepção de que alguns finais são inevitáveis, não importa o quanto possamos desejá-los.

Capítulo 20

MUITOS SEGREDOS

J Ackie Ortiz agarrou firmemente o volante enquanto saía de sua garagem, com o sol nascente espreitando por entre as árvores. Foi outro dia, outra tentativa infrutífera de levar Michael à justiça. Navegando pela rota familiar para seu escritório no centro de Miami, sua mente não conseguia parar de pensar na frustração do caso de Michael. Como ele ainda poderia estar lá fora depois de todo esse tempo? O pensamento a atormentou, alimentando um crescente senso de determinação misturado com raiva.

Ela dedicou seu tempo a rastrear Michael, seguindo todas as pistas e entrevistando inúmeras testemunhas. No entanto, Michael sempre parecia estar um passo à frente, desaparecendo no ar antes que ela pudesse chegar perto. Foi enlouquecedor. Jackie sabia que deveria deixar para lá e se concentrar nos outros casos que exigiam sua atenção.

Entrando no estacionamento, Jackie respirou fundo e firmemente. Era hora de começar mais um dia de trabalho. Mas hoje, seu foco seria afiado a laser. A sorte de Michael estava prestes a acabar. Jackie tinha um último recurso, uma última bala na arma - uma que ela nunca quis usar. No entanto, as circunstâncias não lhe deixaram escolha. Ela teve que revelar os segredos que manteve escondidos por tanto tempo. Ela bateu na porta do escritório de Julian, entrou e repassou o plano com ele.

"Julian, ouça. Sempre fui contra a ideia de falar com a esposa de Michael, mas estou sem opções. Minha frustração e desejo ardente de pegá-lo chegaram a um ponto de ruptura", explicou Jackie. Julian respondeu: "Eu sempre estive aberto a me aproximar da esposa de Michael e dizer a ela o que ela não sabe. Talvez possamos fazer com que ela se abra sobre o marido."

A detetive Ortiz sentou-se em seu carro, observando cuidadosamente a casa do suspeito. Ela sabia que essa era uma situação delicada que exigia paciência e precisão. Finalmente, o momento que ela estava esperando chegou quando o suspeito saiu da casa sozinho.

Aproximando-se da esposa de Michael na garagem

enquanto ela entrava em seu carro, o detetive Ortiz falou. "Olá, você se lembra de mim?" ela perguntou. A esposa respondeu que não se lembrava.

"Eu sou o detetive Ortiz, um dos policiais que veio à sua casa procurando por Michael, seu marido", explicou o detetive, mostrando seu distintivo. "Tudo bem se eu lhe fizesse algumas perguntas?"

Nancy Cruz, 26 anos, 5'5 "latina peituda com cabelos castanhos ondulados, hesitou. "Não quero falar com ninguém", disse ela. Então ela acrescentou: "Você encontrou algo interessante que eu deveria saber?"

A detetive Jackie Ortiz fez uma pausa, considerando seu próximo passo. "Podemos ter algumas descobertas que podem ser relevantes. Você estaria disposto a vir até a estação e discuti-los comigo?

Nancy parecia inquieta. "Não tenho certeza. Eu preciso?"

"Não, é completamente voluntário", Jackie assegurou a ela. "Mas acho que valeria a pena. Há algumas coisas que eu gostaria de falar com você."

Nancy pensou sobre isso por um momento. "Tudo bem, tudo bem. Mostre o caminho", disse ela, fechando a porta do carro e seguindo o detetive.

O detetive Jackie Ortiz deu as boas-vindas a Nancy Cruz em seu escritório e ofereceu-lhe um copo de água ou café, que ela recusou educadamente. "Não, obrigada", respondeu Nancy, com a voz tingida de preocupação. "Sobre o que estamos aqui para falar?"

Jackie respondeu, seu tom grave e o peso da situação palpável na sala. "Nancy, temo que precisemos de sua cooperação para nos ajudar a encontrar Michael."

Jackie deslizou um envelope pardo sobre a mesa, sinalizando a seriedade do assunto.

A voz de Jackie assumiu um tom sério enquanto ela deslizava o envelope pardo pela mesa. "Essas fotos foram tiradas do lado de fora do hotel Rita", disse ela, com a voz cheia de gravidade. "Acho que você os achará bastante esclarecedores."

Com uma crescente sensação de apreensão, Nancy Cruz abriu lentamente o envelope e espalhou as fotos diante dela. Claras como o dia, as imagens revelaram seu marido Michael entrando no hotel com outra mulher. Eles pareciam confortáveis e íntimos, passeando juntos pelo saguão.

O coração de Nancy disparou enquanto ela examinava cada foto, sua mente girando com um turbilhão de emoções - traição, desgosto, raiva. Depois de anos de casamento, a base sólida de seu relacionamento agora parecia abalada até o âmago.

Ela repetiu memórias em sua mente, procurando por quaisquer sinais, quaisquer pistas que pudessem ter prenunciado essa infidelidade. Mas Michael sempre foi atencioso, afetuoso - ou assim ela pensava. Agora tudo parecia uma fachada elaborada, um engano cruel.

Lágrimas brotaram dos olhos de Nancy enquanto ela lutava com a dura realidade diante dela. Como poderia o homem em quem ela mais confiava, aquele com quem ela havia construído uma vida, traí-la de maneira tão devastadora? O conhecimento de que ele havia sido infiel cortou profundamente, deixando-a se sentindo tola, insegura e totalmente com o coração partido.

Uma mistura de decepção e descrença retorceu o estômago de Nancy. Essa revelação contradizia tudo o que Michael havia dito a ela sobre a força e a estabilidade de seu casamento. Michael a estava enganando o tempo todo?

Examinando as fotos mais de perto, Nancy notou detalhes que pareciam corroborar as descobertas do detetive. A linguagem corporal entre Michael e a outra mulher era relaxada e familiar, sugerindo um relacionamento bem estabelecido além de um encontro casual.

Respirando fundo, Nancy falou em voz baixa, ciente do perigo potencial. "Se eu lhe disser isso, deve ficar entre nós. Minha vida poderia estar em perigo, mas não por causa de qualquer coisa que Michael faria. Estou com medo de seus associados ou de qualquer outra pessoa que possa estar envolvida."

Fazendo uma pausa, Nancy Cruz olhou em volta nervosamente antes de continuar. "Você tem duas opções", disse ela, sua voz baixa e séria.

"Michael visita o túmulo de sua avó a cada duas semanas para deixar ingressos de teatro para ele e para as crianças", revelou Nancy. "Apesar de estar fugindo, ele mantém esse ritual como uma forma de se manter conectado à sua família."

Durante cada visita, Michael chegava ao cemitério ao anoitecer, aproximando-se cautelosamente do terreno de sua avó. Colocando os ingressos em um vaso de flores, ele esperava que esse pequeno gesto lhe proporcionasse um breve momento com seus filhos durante a apresentação.

"Ele geralmente se disfarça com óculos, chapéu e barba postiça", acrescentou Nancy. "Por favor, não faça nada na frente dos meus filhos, Jackie. Por favor e obrigado."

Saindo do escritório, Nancy sentiu o peso do dia saindo de seus ombros. Enquanto ela se dirigia ao elevador, Jackie se aproximou de Julian com um brilho assertivo nos olhos.

"Julian", declarou Jackie com confiança, "nós o pegamos agora. Acabou."

"Vamos despachar a equipe de vigilância para o cemitério imediatamente", instruiu Jackie.

Como o agente de campo de vigilância, Jackson, relatou

ansiosamente a falta de progresso no caso Michael para sua parceira Jackie Ortiz, ela permaneceu firme em sua convicção.

"Tenho certeza de que estamos no caminho certo, Jackson. Sem personagens suspeitos e a única pessoa que esteve perto dessa área é o cara da manutenção cuidando das flores velhas", Jackie o tranquilizou.

"Mas já se passou uma semana inteira, Jackie. Você tem certeza de que não fomos jogados?" Jackson pressionou, sua preocupação evidente.

"Positivo. Deixe-me dar uma olhada no relatório da Equipe B." Jackie revisou os detalhes. "Espere um minuto, o relatório diz que o cara da manutenção foi o único que se aproximou da lápide naquela área. Mas algo não parece certo."

Sentindo o desconforto de seu parceiro, Jackie sugeriu: "Acho que precisamos dar uma olhada mais de perto nas imagens de vigilância. Vamos até a van e ver o que podemos encontrar."

Uma vez na van de vigilância, Jackson, o especialista em tecnologia, os cumprimentou. "Ei, pessoal. Eu tenho revisado as filmagens, e você não vai acreditar nisso. O cara da manutenção não apenas removeu as flores - ele também colocou algo em um dos vasos!

Jackie Ortiz e Julian Pratt trocaram um olhar conhecedor.

"Vamos dar uma olhada mais de perto", disse Jackie.

Os detetives correram para examinar as evidências. Com certeza, discretamente escondido entre as flores frescas, eles encontraram um pequeno saco Ziploc. "A equipe B deve ter perdido isso. Como diabos eles ignoraram isso?" Julian exclamou.

Jackie soltou um suspiro de alívio. "Está tudo bem, nós temos agora. Tire algumas fotos desses ingressos e coloque-os de volta. Parece que vamos ao cinema no próximo domingo às 15:00."

Capítulo 21

NO CINEMA

O Em uma tarde de domingo em Miami, a Força-Tarefa (TUFF) iniciou sua operação para capturar o notório criminoso Michael Cruz. Meses de rastreamento os levaram a este momento, e eles estavam determinados a derrubá-lo pela última vez.

Perto do teatro em Coconut Grove, a equipe se reuniu, estacionando estrategicamente seus veículos a cerca de um quilômetro de distância em preparação para a operação. A expectativa encheu o ar enquanto os agentes se amontoavam, finalizando seu plano de ataque.

A equipe de vigilância estacionada do lado de fora da

casa de Michael monitorou cuidadosamente a situação. De repente, a porta da garagem se abriu e sua minivan saiu com seus filhos adolescentes dentro. Sem saber dos detetives que a seguiam, Nancy foi em direção ao cinema.

A equipe de backup notou imediatamente o segundo veículo saindo da garagem de Nancy. Eles rapidamente ligaram para Jackie para informá-la de que agora estavam em busca desse veículo adicional. Jackie reconheceu a atualização e instruiu a equipe a manter uma vigilância discreta em ambos os veículos. Ela queria garantir que eles tivessem uma compreensão completa dos movimentos de Nancy e de quaisquer conexões potenciais com a investigação em andamento.

Os detetives seguiram a minivan de Nancy a uma distância segura, monitorando cuidadosamente seu comportamento de direção e quaisquer paradas ou interações ao longo do caminho. Enquanto isso, a equipe de apoio acompanhou o segundo veículo, pronta para fornecer suporte, se necessário.

Quando Nancy deixou seus filhos no teatro, os detetives monitoraram de perto seus movimentos. Em vez de voltar para casa, ela dirigiu em direção a Key Biscayne, intrigando os detetives que a seguiram discretamente, ansiosos para descobrir seu destino.

Ao chegar à chave cênica, Nancy estacionou seu carro, com vista para a tranquila Baía de Biscayne e o horizonte de Miami. Os detetives estacionaram nas proximidades, garantindo que mantivessem contato visual sem chamar a atenção.

Nancy parecia calma e composta enquanto se acomodava, olhando para a serena orla. Os detetives observaram atentamente, ponderando o motivo por trás de sua viagem improvisada. Ela estava conhecendo alguém? Envolver-se em atividades clandestinas? Ou apenas buscando um momento de consolo longe de sua família?

Dentro do teatro, a atmosfera estava carregada de emoção quando os adolescentes entraram. A multidão vibrava de expectativa pelo último filme de grande sucesso. Sem o conhecimento deles, os funcionários do teatro aparentemente prestativos que os guiavam para seus assentos e vendiam lanches eram agentes disfarçados.

À medida que as luzes diminuíam e os créditos de abertura rolavam, a tensão enchia o ar. O público, uma mistura de espectadores ansiosos e críticos céticos, se acomodou em seus assentos.

Enquanto isso, Michael ficou impaciente dentro do teatro lotado, mexendo em seu assento. Ele rasgou um saco de pipoca amanteigada e apressadamente enfiou um punhado na boca.

Dez minutos após o início do filme, os detetives sentados no Teatro 6 discretamente ligaram para relatar: "Michael não está aqui. Nosso objetivo é não comparecer."

A mão de Jackie tremeu enquanto ela segurava firmemente seu telefone celular. "Equipe B, aqui é Jackie. Preciso que você se aproxime do carro de Nancy imediatamente. Devo falar com ela.

Os detetives no carro sem identificação trocaram olhares preocupados. "Copie isso, Jackie. Estamos nisso." Eles dirigiram e pararam ao lado do veículo de Nancy.

Para seu espanto, eles descobriram que não era Nancy ao volante, mas sua irmã mais nova, que tinha uma semelhança impressionante com ela. O pânico surgiu em seus peitos.

"Esta não é Nancy", informaram os detetives sem fôlego a Jackie. "Fomos traídos!"

A tensão cresceu à medida que os créditos de abertura rolavam, e Micheal se contorceu em seu assento, sentindo que algo estava errado. Seu olhar disparou ao redor, procurando por qualquer sinal de problema. De repente, uma voz sussurrou em seu ouvido: "Nem pense nisso, Michael." Ele se virou para encontrar Nancy, sua esposa, disfarçada de espectadora inocente.

Michael fala com firmeza e em voz baixa "Nancy, onde estão as crianças, você enlouqueceu? Você vai levar os federais até mim e me pegar!" ele gritou. Nancy responde: "Os federais se aproximaram de mim e me mostraram evidências de que você está trapaceando, seu bastardo. Com raiva, eu disse a eles como encontrá-lo, como você se comunica com as crianças.

Nancy fez uma pausa, o peso de suas ações afundando. "Mas eu não consegui ir em frente, Michael. Você é o pai dos meus filhos e machucá-lo só vai amplificar a dor deles se você for pego e for para a prisão."

A dura realidade atingiu Nancy como uma tonelada de tijolos. Em um momento de desespero, ela contemplou ações impensáveis - prejudicar o homem que ela amou, o homem que lhe dera dois lindos filhos que ela amava mais do que qualquer outra coisa.

A expressão de Nancy suavizou, a vulnerabilidade se infiltrando. "E pelo que vale a pena, Michael, eu ainda tenho sentimentos por você. Eu sempre vou te amar, não importa o que aconteça. Não como sua esposa, porque você me traiu, mas como a mãe de nossos filhos. E estou aqui para avisá-lo - saia de Miami. Eles estão caindo com força e estão determinados a encontrá-lo."

As palavras de Nancy o pegaram desprevenido. Depois de todos esses anos, a emoção crua por trás deles era inconfundível. Michael desviou o olhar, sobrecarregado pelo fardo de seus erros passados. "Eu nunca quis machucá-la, Nancy. Você deve acreditar nisso", disse ele, sua voz baixa e grossa de arrependimento.

Nancy balançou a cabeça, lágrimas brotando em seus olhos. "Eu deixei meu ciúme tirar o melhor de mim em vez de apenas falar com você. Sinto muito." Enquanto ela se afastava, chorando, suas únicas palavras eram um apelo para que ele tivesse cuidado.

Enquanto isso, Jackie entrou em contato com a equipe reserva C, que estava seguindo um segundo carro saindo da garagem de Nancy logo após a partida de Nancy. A equipe respondeu: "No momento, estamos estacionados do lado de fora de um shopping perto do centro de Miami. Há apenas uma maneira de entrar e uma saída da garagem - nós cuidamos disso. Não seguimos o suspeito dentro da garagem, então não vimos quem estava dirigindo."

Julian Pratt interveio: "Pessoal, eu tenho uma pergunta - aquele shopping tem um teatro?"

Os detetives confirmaram: "Sim, há um teatro naquele shopping".

Jackie respirou fundo, ligando os pontos. "Ok, temos um segundo carro saindo da casa de Nancy logo depois que ela saiu. E há um teatro dentro do shopping.

Julian exclamou com entusiasmo: "É isso! Precisamos despachar todas as unidades para esse local. É aí que Michael está!"

A adrenalina subiu através de Jackie quando ela sentiu uma emoção de excitação. "Sim, senhor! É isso - finalmente vamos prender aquele criminoso indescritível de uma vez por todas. Jackie se virou para Julian, um sorriso triunfante se estendendo por seu rosto.

Quando Julian e Jackie entraram no estacionamento, eles puderam ver unidades de apoio ao redor do shopping, com alguns agentes indo em direção à entrada do cinema. "Tudo bem, vamos fazer isso", disse Jackie, com a voz cheia de determinação.

Julian e Jackie saíram rapidamente do veículo, com as armas em punho, e se juntaram ao crescente contingente de agentes e policiais de Miami Dade enquanto entravam no shopping lotado. O coração de Jackie disparou de antecipação. Depois de meses perseguindo Michael, eles finalmente estavam prestes a prendê-lo.

Ao chegar às portas principais do teatro, eles se espalharam, espalhando-se pela área para varrê-lo. Os olhos de Jackie examinaram os compradores e espectadores em pânico, procurando por qualquer sinal de seu alvo. A atmosfera caótica, cheia de gritos e comoção, intensificou a tensão no ar.

Finalmente, Michael emergiu da multidão no momento em que todos tentavam sair do teatro. Ele estava bem ali, bem na frente deles.

"Lá está ele!" Julian gritou e a perseguição começou. Jackie correu atrás do suspeito, seus pulmões queimando e todos os músculos se esforçando. Este foi o clímax de sua longa perseguição.

Quando eles se aproximaram, Michael tentou desesperadamente se libertar, dando cotoveladas e empurrando seus No entanto, Jackie e Julian permaneceram implacáveis, movidos por um inabalável senso de justiça.

Michael podia sentir a adrenalina correndo em suas veias enquanto disparava entre os espectadores, seu coração batendo forte em seus ouvidos. Ele sabia que tinha que escapar. A polícia estava se aproximando e esta era sua última chance.

Mas Jackie e Julian, detetives experientes, nunca perderam de vista seu alvo. Com foco a laser, eles avançaram pela multidão, gritando ordens, determinados a prender Michael a todo custo.

Em um confronto final e dramático, eles derrubaram Michael Cruz no chão, algemando-o rapidamente enquanto ele xingava e lutava sob seu peso. Apesar de se debater e chutar, ele não conseguiu escapar das garras dos detetives.

Quando eles o levantaram, Michael olhou para seus captores, uma mistura de raiva e derrota evidente em seus olhos. Jackie e Julian permaneceram firmes, inabaláveis. Finalmente, a justiça que eles buscavam foi feita.

O coração de Nancy disparou enquanto ela observava a cena se desenrolar diante dela. Michael, seu marido há quinze anos, estava sendo contido por Jackie e Julian, dois policiais que ela havia avisado. A gravidade de suas ações a atingiu como um soco no estômago.

"O que eu fiz?" ela sussurrou, sua voz trêmula. Quando os policiais começaram a levar Michael embora, a culpa e o arrependimento de Nancy explodiram em ação. Ela correu em direção a eles, seu rosto contorcido de angústia.

"Jackie, pare! Isso está tudo errado!" Nancy gritou, sua voz falhando. Jackie olhou para ela com confusão, ainda segurando o braço esquerdo de Michael com força.

"Nancy, do que você está falando? Essa foi a sua ideia." Os olhos de Nancy se fixaram nos de Michael. Seu rosto, geralmente tão caloroso e amoroso, agora era uma máscara de traição e descrença.

"Você?" ele murmurou silenciosamente, a dor em seus olhos perfurando a alma de Nancy. "Sinto muito, Michael. Sinto muito", soluçou Nancy, estendendo a mão para tocá-lo. "Eu estava errado. Isso é tudo culpa minha."

Michael recuou de seu toque, sua expressão endurecendo. "Ligue para meu advogado", disse ele friamente, seu olhar nunca deixando o rosto de Nancy. Julian, ainda segurando o braço direito de Michael, olhou entre o casal, claramente desconfortável.

"Senhora, precisamos prosseguir com a prisão. Você pode resolver isso mais tarde." O remorso de Nancy rapidamente se transformou em raiva - de si mesma, da situação, dos policiais.

"Você não entende!" ela gritou para Jackie. "Isso é um erro! Eu estava errado em ligar para você. Deixe-o ir!" Mas Jackie balançou a cabeça com firmeza.

"Sinto muito, Nancy, mas não é assim que funciona. Temos que seguir em frente agora." Quando eles começaram a levar Michael para longe, as maldições de Nancy encheram o ar, condenando suas ações e os policiais por seguirem adiante.

Seu mundo estava desmoronando ao seu redor, e ela sabia que a cada passo que Michael dava, o relacionamento deles estava sendo dilacerado - tudo por causa de sua decisão equivocada. A última coisa que Nancy viu foram as costas de Michael enquanto ele era levado embora, deixando-a sozinha com a dura realidade do que ela havia feito e o futuro incerto que estava por vir.

Eles conseguiram - o gênio do crime finalmente estaria atrás das grades, graças à determinação inabalável de Julian Pratt, Jackie Ortiz e da Força-Tarefa de Miami. Uma onda de orgulho tomou conta deles, sabendo que seu trabalho árduo e dedicação haviam valido a pena no final.

Julian Pratt e Jackie Ortiz trocaram um olhar triunfante enquanto escoltavam Mike, o notório gênio do crime, até o centro de detenção federal. A perseguição implacável da Força-Tarefa de Miami finalmente valeu a pena, e o criminoso mais esquivo da cidade estava sob custódia.

Enquanto conduziam Michael Cruz pelos corredores austeros, Jackie não pôde deixar de sentir uma onda de orgulho. Meses de noites sem dormir, papelada interminável e perigosas operações secretas culminaram neste momento. Ela observou a expressão estóica de Michael, imaginando o que estava acontecendo por trás daqueles olhos frios e calculistas.

Julian direcionou Michael para a estação de impressões digitais, sua mão segurando firmemente o ombro do criminoso. "Vamos pegar essas impressões, Michael", disse ele, incapaz de manter uma pitada de satisfação em sua voz. Michael permaneceu em silêncio, seu rosto uma máscara sem emoção.

O processo de impressão digital foi rápido e eficiente, mas o silêncio contínuo de Michael começou a enervar os policiais. Eles esperavam regozijo, ameaças ou pelo menos alguma demonstração de emoção. Em vez disso, eles foram recebidos com uma calma assustadora.

Na sala de interrogatório, Julian e Jackie sentaram-se em frente a Michael. As luzes fluorescentes lançam sombras fortes, enfatizando a tensão no ar. Julian se inclinou para frente, sua voz firme. "Tudo bem, Michael. Nós temos você morto para os direitos. Por que você não torna isso mais fácil para si mesmo e começa a falar?"

Os olhos de Michael piscaram entre os dois oficiais, mas seus lábios permaneceram selados. Jackie tentou uma abordagem diferente, seu tom quase coloquial. "Você teve uma boa corrida, Michael. Mas acabou agora. Você não quer explicar como conseguiu nos escapar por tanto tempo?"

Ainda assim, Michael se recusou a pronunciar uma palavra. O silêncio se estendeu, tornando-se quase tangível. A frustração de Julian começou a aparecer quando ele bateu a mão na mesa. "Vamos, Mike! Você não tem nada a perder agora. Conte-nos sobre sua operação!"

Horas se passaram e o silêncio resoluto de Michael persistiu. Julian e Jackie passaram por várias técnicas de interrogatório, mas nada poderia quebrar a fachada impenetrável do criminoso. Quando eles saíram da sala, exaustos e perplexos, um pensamento inquietante surgiu em suas mentes: eles realmente venceram ou tudo isso fazia parte do grande plano de Michael? A Força-Tarefa de Miami havia capturado seu alvo, mas enquanto observavam Mike sendo levado para sua cela, eles não conseguiam se livrar da sensação de que isso estava longe de terminar. O verdadeiro desafio, ao que parecia, estava apenas começando.

Nancy Cruz contatou a advogada de Michael, Lesly Sheridan, uma mulher caucasiana de 5'9 "na casa dos cinquenta. Ao receber a ligação, Sheridan prontamente vestiu seu terno preto, que havia sido meticulosamente colocado sobre a cadeira do escritório. Com um senso de urgência, ela foi até o centro de detenção de Miami para se encontrar com Michael e verificar as circunstâncias que cercaram sua prisão.

Na chegada, Sheridan foi escoltada para uma sala de consulta privada, onde Michael Cruz a esperava. As luzes lançavam sombras duras em seu rosto preocupado quando ela entrou. Sheridan não perdeu tempo em abordar o assunto em questão.

"Michael, eu preciso que você me forneça um relato detalhado das acusações contra você", afirmou ela, seu tom profissional e focado.

Michael, visivelmente angustiado, começou a explicar a situação. "Eles estão me acusando de fraude na área da saúde, Lesly. Existem algumas outras acusações também, mas essa é a principal."

A testa de Sheridan franziu enquanto ela processava essa informação. Ela passou a fazer uma série de perguntas pontuais, buscando entender todo o escopo das alegações e as evidências que a promotoria poderia possuir.

Enquanto Michael entrava em mais detalhes, Sheridan diligentemente fazia anotações, sua mente já formulando possíveis estratégias de defesa. A gravidade da situação tornou-se cada vez mais aparente à medida que a conversa avançava.

"Fraude na saúde é uma acusação séria, Michael", comentou Sheridan, com a voz comedida. "Precisamos abordar isso metodicamente e reunir todas as informações relevantes. Vou precisar que você conte cada detalhe, não importa o quão insignificante possa parecer."

A consulta continuou por várias horas, com Sheridan documentando meticulosamente o relato de Michael sobre os eventos. Quando a reunião chegou ao fim, ela garantiu a ele seu compromisso com o caso.

"Vou começar a trabalhar em seu arquivo imediatamente", afirmou Sheridan, reunindo suas anotações. "Enquanto isso, não discuta este caso com ninguém além de mim. Agendaremos outra reunião após sua audiência de fiança para revisar as acusações formais.

Quando Sheridan saiu do centro de detenção, sua mente já estava correndo com as complexidades do caso diante dela. As acusações de fraude na área da saúde apresentaram um desafio significativo, que exigiria todo o seu conhecimento jurídico e experiência para navegar.

De volta ao escritório, Sheridan imediatamente começou a pesquisar casos semelhantes e preparar a documentação necessária. Ela preencheu meticulosamente a papelada necessária para representar Michael Cruz, garantindo que todos os detalhes fossem precisos e completos.

Enquanto isso, a notícia da queda de Michael Cruz se espalhou pelo submundo de Miami como um incêndio. Gabriel e outro membro de alto escalão do sindicato de Miami ouviram enquanto as ruas zumbiam com sussurros e olhares conhecedores, uma prova do ditado de que notícias chocantes viajam na velocidade da luz.

No mundo do crime organizado, a queda de um titã sempre foi um espetáculo. Aliados e inimigos assistiam com a respiração suspensa, esperando o momento inevitável em que o aparentemente invencível desmoronaria. Michael Cruz esteve no auge do poder, mas como todos em seus círculos sabiam, tais posições eram inerentemente vulneráveis.

Gabriel, sempre pragmático, não perdeu tempo em convocar uma reunião com Rafael. Sua principal preocupação era a esposa e os filhos de Michael; Nancy era uma ponta solta que precisava ser amarrada de forma organizada e rápida. Em sua linha de trabalho, a lealdade era uma mercadoria rara, mas existia em bolsos, muitas vezes se manifestando de maneiras inesperadas.

Durante a reunião, Gabriel expôs seus planos com fria eficiência. "Precisamos garantir que a Sra. Cruz seja cuidada", afirmou ele, seu tom não tolerando argumentos. "Seu estilo de vida deve permanecer inalterado. A casa, o carro, todas as despesas - tudo permanece como está.

Raphael acenou com a cabeça em concordância. "O dinheiro não é problema", acrescentou, entendendo as implicações de tal generosidade. Não se tratava apenas de lealdade a um camarada caído; foi um investimento em silêncio e lealdade contínua.

Enquanto finalizavam os detalhes de seu acordo, Gabriel estava ciente da fragilidade de suas posições. Hoje, foram eles que estenderam uma rede de segurança. Amanhã, eles podem ser os que precisam de tal consideração.

Na manhã seguinte, a advogada de Michael Cruz, Lesly Sheridan, chegou cedo ao tribunal, com sua pasta cheia de argumentos cuidadosamente preparados para a audiência de fiança. Ela se reuniu brevemente com seu cliente, reiterando a importância de permanecer em silêncio sobre o caso e seguir sua liderança durante o processo.

Durante a audiência, a advogada de Michael Cruz, Lesly Sheridan, apresentou um caso convincente para a libertação de seu cliente sob fiança, destacando seus laços com a comunidade e a falta de antecedentes criminais. O juiz ouviu atentamente, pesando os argumentos da defesa e da acusação.

O juiz Robertson respondeu ao pedido de fiança de Michael. Ele olhou diretamente nos olhos de Michael devido à natureza do crime. "Michael Cruz, eu deveria lhe dar uma fiança, mas por causa das ações iniciais do Sr. Cruz para fugir da justiça, terei que negar sua fiança nessas circunstâncias."

Quando a audiência terminou, Sheridan agendou uma reunião de acompanhamento com seu cliente para discutir as acusações formais feitas contra ele e começar a construir sua estratégia de defesa.

Alguns dias depois, Lesly Sheridan sentou-se em sua mesa, com a testa franzida enquanto vasculhava uma montanha de documentos. Seu coração disparou quando ela descobriu uma evidência condenatória após a outra: registros financeiros, fotos de vigilância e depoimentos de testemunhas apontavam para o envolvimento de Michael em uma complexa teia de fraude e peculato.

Enquanto ela se aprofundava nas evidências, um toque repentino de seu telefone a assustou, quebrando o silêncio. O identificador de chamadas exibia "Procuradora dos EUA Alice Harper". O coração de Lesly disparou quando ela atendeu, sabendo que essa ligação poderia impactar significativamente o caso de alto perfil de Michael.

"Lesly, precisamos conversar", disse Alice Harper, com a voz grave.

Eles concordaram em se encontrar em um café próximo. Quando Lesly entrou, ela viu Alice Harper já sentada, seu rosto gravado com determinação. Ela se preparou para o que estava por vir.

"Vou direto ao ponto", começou Alice Harper, inclinando-se para a frente. "Temos os co-réus de Michael falando. Eles estão testemunhando perante um grande júri enquanto falamos.

A respiração de Lesly Sheridan ficou presa em sua garganta. "Quantos?" ela conseguiu perguntar.

"Três", respondeu Harper, seus olhos fixos nos dela. "E eles não estão apenas falando com o grande júri. Eles estão preparados para depor em tribunal aberto."

A mente de Sheridan disparou, imaginando o impacto de tal testemunho. Ela quase podia ouvir os suspiros do júri, ver seus rostos se contorcerem em choque e nojo.

"O que eles estão dizendo?" ela perguntou, sua voz pouco acima de um sussurro.

A expressão de Alice Harper suavizou ligeiramente. "Lesly, é ruim. Eles estão pintando uma imagem de Michael como o cérebro por trás de tudo. Cada detalhe, cada transação - eles estão colocando tudo a seus pés.

Lesly Sheridan sentiu uma onda de emoção - raiva de Michael por colocá-la nessa posição, medo por seu futuro e uma determinação feroz de fazer seu trabalho, apesar das probabilidades.

"Não vou deixá-lo cair sem lutar", declarou ela, sua voz forte e inabalável.

Harper assentiu, respeito evidente em seus olhos. "Eu não esperaria nada menos de você, Lesly. Mas você precisa prepará-lo. Isso não vai ser fácil."

Quando eles se separaram, a mente de Lesly já estava formulando estratégias, procurando por qualquer fraqueza no caso da promotoria. Ela sabia que a batalha pela frente seria cansativa, mas o fogo em sua barriga só ficou mais forte.

Voltando para seu escritório, a paixão de Lesly Sheridan pela justiça, pela lei e seu dever como defensora de Michael brilhava mais do que nunca. Não importa o quão contundentes sejam as evidências, não importa quantas testemunhas se alinharam contra ele, ela lutaria com todas as fibras de seu ser para garantir que Michael Cruz recebesse um julgamento justo. Mas mal sabia ela, a conversa deles não havia terminado.

Lesly recebeu um telefonema do procurador dos EUA Harper no dia seguinte à discussão inicial. Harper começou perguntando o que Lesly pensava sobre a conversa anterior, imediatamente seguindo para o objetivo principal da ligação: propor um acordo judicial para o cliente de Lesly, Michael.

O promotor sugeriu que Michael poderia evitar o julgamento aceitando um acordo judicial. No entanto, Harper deu um passo adiante, sugerindo um arranjo potencialmente mais favorável se Michael concordasse em testemunhar. Harper fez referência ao testemunho do Grande Júri, o que implica que Michael possuía informações críticas que poderiam impactar significativamente o caso.

A declaração de Harper, "ele sabe do que estou falando", sugeriu um entendimento compartilhado entre o promotor e Michael sobre o escopo e a importância desse testemunho em potencial. Essa observação enigmática despertou o interesse de Lesly e levantou questões sobre o que Michael poderia não ter revelado ao seu advogado.

O procurador dos EUA descreveu a oferta como um "bom negócio", enfatizando sua atratividade. Essa proposta colocou Lesly em uma posição desafiadora, equilibrando os benefícios potenciais para seu cliente com as considerações éticas de encorajar o testemunho.

Quando a ligação terminou, Lesly foi deixada para contemplar as implicações dessa oferta. Ela teve que considerar como abordar Michael com essas informações, pesando os prós e os contras de aceitar o acordo versus prosseguir para o julgamento. A situação levantou questões complexas sobre lealdade, justiça e os meandros do sistema legal.

Lesly, advogada de defesa de Michael Cruz, chegou ao centro de detenção para conhecer seu cliente, Michael. A sala de visitação estéril ecoou com o peso de sua discussão iminente.

"Michael", Lesly começou, seu tom medido e profissional, "eu revisei seu caso extensivamente. A promotoria acumulou evidências esmagadoras contra você.

Michael se mexeu desconfortavelmente em seu assento, seus olhos correndo pela sala.

Lesly continuou: "Acredito que é do seu interesse considerar um acordo judicial. A promotoria está oferecendo um, o que sugere que eles querem algo de você. Existe alguma informação que você me negou?"

A mandíbula de Michael se apertou. "Não", disse ele com firmeza. "Eu quero levar isso ao tribunal. Você precisa me tirar disso."

Lesly se inclinou para frente, sua expressão grave. "Michael, devo ser claro. Suas chances de ganhar no julgamento são extremamente pequenas. A evidência é substancial."

"Eu não me importo", retrucou Michael. "Eu não estou aceitando um apelo."

"Eu entendo sua relutância", respondeu Lesly, com a voz firme. "No entanto, peço que você reconsidere. O acordo atualmente na mesa pode ser o melhor resultado que podemos esperar."

Ela fez uma pausa, permitindo que suas palavras fossem absorvidas. "Antes da próxima data do tribunal, preciso que você pense muito sobre essa decisão. Não se trata apenas de culpa ou inocência; trata-se de minimizar as consequências potenciais."

Michael permaneceu em silêncio, seu rosto uma máscara de determinação.

"Lembre-se", concluiu Lesly, "uma vez que prosseguimos para o julgamento, esse acordo desaparece.

A promotoria não vai oferecer isso novamente. Esta decisão terá um impacto significativo no seu futuro, Michael. Por favor, considere seriamente."

Enquanto Lesly reunia seus documentos, o peso da decisão de Michael pairava pesadamente no ar, deixando tanto o advogado quanto o cliente contemplando o caminho incerto à frente.

Enquanto isso, Gabriel, de seu ponto de vista remoto, observou meticulosamente o desenrolar da situação. Reconhecendo a necessidade de discrição, ele despachou Raphael para se encontrar com Nancy Cruz. A missão de Raphael era dupla: fornecer apoio financeiro e reunir informações sobre o andamento do caso.

Gabriel, em sua sabedoria, entendeu o imenso poder do dinheiro. Embora não garantisse o silêncio, certamente complicava os processos de tomada de decisão. Ele refletiu sobre a natureza dos segredos, reconhecendo que a verdadeira confidencialidade existia apenas quando as informações eram confinadas a um único indivíduo. No momento em que uma segunda pessoa soube, a integridade do segredo foi comprometida.

Em sua conferência semanal programada, Raphael informou Gabriel sobre os desenvolvimentos recentes. Ele divulgou uma informação crítica: Michael estava prestes a aceitar um acordo judicial. No entanto, Raphael garantiu a Gabriel que a lealdade de Michael permanecia inabalável.

Apesar de enfrentar consequências legais, Michael se recusou firmemente a divulgar qualquer informação que pudesse implicar outras pessoas.

Rafael concluiu seu relatório com uma declaração tranquilizadora, enfatizando o vínculo duradouro entre sua ordem fraterna: "Não se preocupem", afirmou ele, "irmãos para a vida". Esta declaração ressaltou a solidariedade inabalável dentro de sua organização, mesmo diante de desafios legais.

Ao concluir a reunião, Gabriel contemplou as complexidades de sua situação. Ele reconheceu o delicado equilíbrio entre manter o sigilo e navegar no sistema legal, ao mesmo tempo em que preservava a lealdade que unia sua irmandade, o Miami Syndicate (PMC).

Semanas se passaram e a data antecipada do tribunal finalmente chegou. Leslie se viu em uma reunião privada com Michael em uma sala isolada dos fundos do tribunal. O ar estava denso de tensão, mas eles estavam preparados para enfrentar o que quer que o dia trouxesse. Foi um momento decisivo, o culminar de todas as ansiedades e preparativos das semanas anteriores.

Leslie andava de um lado para o outro na sala dos fundos, os calcanhares estalando contra o chão frio de ladrilhos. Michael sentou-se caído em uma cadeira, seu rosto uma máscara de determinação teimosa.

"Michael, por favor", começou Leslie, sua voz tingida de frustração. "Eu preciso que você reconsidere. Seu testemunho é crucial."

Michael balançou a cabeça com firmeza. "Eu já lhe disse antes, Leslie. Eu não estou testemunhando. Isso é final."

Leslie passou os dedos pelos cabelos, exasperada. "Eu entendo que você está com medo, mas-"

"Não", interrompeu Michael. "Você não entende. Eu não vou fazer isso."

"Michael, me escute", disse Leslie, seu tom ficando mais insistente. "Se você quiser levar isso a julgamento, nós o faremos. Mas eu preciso que você pense sobre o que isso significa."

Ela se ajoelhou ao lado dele, forçando o contato visual. "Considere isso com cuidado. Para você, para sua família. Testemunhar pode tornar isso muito mais fácil para todos os envolvidos."

A mandíbula de Michael se apertou. "Eu tomei minha decisão."

Leslie se levantou, suspirando pesadamente. "Tudo bem. Se essa for a sua escolha, prosseguiremos para o julgamento. Mas lembre-se, eu avisei. Isso não será fácil."

Quando ela se virou para sair, Leslie parou na porta. "Pense nisso, Michael. Ainda há tempo para mudar de ideia e tornar isso mais fácil para você."

Com essas palavras pairando no ar, Leslie saiu, deixando Michael sozinho com seus pensamentos e o peso de sua decisão.

Michael Cruz sentou-se na cela de detenção, sua mente correndo com o peso da recomendação de seu advogado. O banco frio e duro abaixo dele não oferecia conforto enquanto ele lutava com as implicações do que estava por vir.

Seus olhos se voltaram para o relógio na parede. Dez minutos excruciantes se passaram, cada segundo parecendo uma eternidade. Sua respiração ficou presa em sua garganta enquanto o som de passos se aproximando ecoava pelo corredor, ficando mais alto a cada momento que passava.

Os seguranças do tribunal apareceram na porta de sua cela, com os rostos impassíveis. O estômago de Michael se revirou violentamente, uma onda de náusea ameaçando dominá-lo. Suas mãos estavam frias enquanto destrancavam a cela; O barulho metálico da porta vibrou através de seus ossos.

Enquanto o escoltavam para fora, as pernas de Michael pareciam chumbo. Cada passo à frente era um esforço monumental; seu corpo gritou para ele voltar, correr, se esconder. Mas não havia para onde ir, nenhuma fuga do que estava por vir.

Entrando no tribunal, os olhos de Michael dispararam ao

redor, observando os rostos familiares. Sua família e amigos sentaram-se na galeria, suas expressões uma mistura de preocupação e apoio. A visão deles fez sua garganta apertar de emoção.

Seu olhar então caiu sobre os detetives, seus rostos severos um lembrete gritante de por que ele estava lá. O que deveria ter sido uma caminhada rápida até seu assento pareceu uma eternidade. O tempo parecia desacelerar, cada passo ecoando alto em seus ouvidos.

Quando ele finalmente chegou à mesa de defesa, Michael agarrou sua borda, seus dedos ficando brancos. Ele se abaixou na cadeira, a madeira sólida oferecendo pouca estabilidade ao seu corpo trêmulo. À sua frente, seu advogado tinha uma expressão sombria, reafirmando silenciosamente a gravidade de sua conversa anterior.

Os sussurros abafados do tribunal desapareceram no fundo enquanto o coração de Michael batia forte em seus ouvidos. A decisão diante dele parecia grande, ameaçando esmagá-lo sob seu peso. Ele se sentiu como se estivesse debaixo d'água, lutando para respirar, a pressão do momento sufocando-o.

A mente de Michael correu através de possíveis resultados, cada um mais assustador do que o anterior. A escolha que seu advogado havia apresentado parecia impossível, mas inevitável. Quando o juiz entrou na sala e o oficial de justiça pediu que todos se levantassem, Michael permaneceu congelado, segurando a mesa, seu futuro pendurado precariamente na balança.

Leslie observou Michael atentamente, seu coração acelerado enquanto a gravidade do momento se instalava sobre eles. O silêncio opressivo do tribunal parecia amplificar cada respiração, cada embaralhamento nervoso.

"Doze anos?" Michael repetiu, sua voz pouco acima de um sussurro. "Isso é... uma vida inteira." Seus olhos, antes brilhantes de esperança, agora embotados com o peso de sua decisão iminente.

O advogado de Michael se inclinou, seu rosto gravado com preocupação. "Eu entendo que é muito para absorver. Mas a alternativa pode ser ainda pior - vinte a trinta anos se perdermos este julgamento. E as chances são de apenas 50/50 na melhor das hipóteses."

O estômago de Leslie revirou enquanto ela observava a luta interna de Michael. Suas mãos tremiam levemente enquanto ele as passava pelo cabelo, um gesto que ela já tinha visto inúmeras vezes antes, mas nunca com tanto desespero.

O relógio na parede marcava impiedosamente, cada segundo aproximando-os do ponto sem volta. Leslie ansiava por estender a mão, oferecer algum conforto, mas permaneceu enraizada no lugar, paralisada pela enormidade do que estava em jogo.

O olhar de Michael disparou entre seu advogado e Leslie, em busca de respostas, de segurança, de qualquer coisa para tornar essa decisão mais fácil. Mas não havia nada que alguém pudesse dizer para suavizar o golpe do que estava por vir.

Quando o promotor se aproximou, prancheta na mão, Leslie sentiu uma onda de náusea tomar conta dela. Foi isso. O momento que definiria o futuro de Michael - e, por extensão, o dela.

Michael respirou fundo e trêmulo. "Eu... Eu preciso pensar", ele gaguejou, sua voz falhando sob a pressão.

O coração de Leslie afundou quando ela percebeu que mesmo agora, na décima primeira hora, Michael ainda estava dividido. A incerteza de tudo isso - a possibilidade de uma sentença mais longa, o risco de julgamento - pairava sobre eles como uma nuvem escura.

Leslie nervosamente alisou a saia enquanto colocava os documentos do acordo judicial sobre a mesa. Suas mãos tremiam levemente, traindo sua preocupação com seu cliente. "Última chance, Mike", disse ela suavemente, sua voz entrelaçada com apreensão.

Os olhos de Michael dispararam pelos papéis, seu rosto uma máscara de pavor crescente. O peso de seu futuro potencial o pressionou, sufocante e inescapável. Dez anos atrás das grades - o pensamento fez seu estômago revirar.

"Seus co-réus", Leslie continuou sua voz pouco acima de um sussurro, "eles estão se voltando contra você, Michael. Eles estão dispostos a testemunhar." Ela engoliu em seco, sua preocupação evidente em cada palavra. "A promotoria ... eles têm um caso sólido. Temo que esta seja nossa única maneira de minimizar as consequências."

Os dedos de Michael fantasmas sobre a borda dos documentos, sua mente correndo. O silêncio na sala tornou-se espesso e opressivo. Leslie o observou, com a testa franzida de preocupação, enquanto a gravidade da situação se instalava sobre os dois.

"Eu não quero pressioná-lo", acrescentou Leslie, com a voz ligeiramente embargada, "mas estamos ficando sem tempo. A oferta expira agora que não temos mais tempo." Ela olhou para o relógio, sua ansiedade aumentando a cada segundo que passava.

Michael se inclinou para trás, passando as mãos pelo cabelo. A enormidade da decisão diante dele era esmagadora. Liberdade ou uma década perdida - parecia não haver escolha desejável.

O olhar de Michael caiu sobre os documentos espalhados diante dele. O acordo judicial olhou para ele, seus termos rígidos e implacáveis. Uma década na prisão em troca de sua liberdade.

"Alguns de seus co-réus estão dispostos a testemunhar

contra você", continuou o advogado de Michael. "A promotoria tem um caso forte. Esta é a melhor opção para minimizar os danos."

A mandíbula de Michael se apertou enquanto ele contemplava a escolha impossível. Por um lado, a chance de lutar e potencialmente limpar seu nome. Do outro, a garantia de mais de uma década atrás das grades. Cada resultado o encheu de uma sensação de pavor.

Depois de um longo e agonizante silêncio, Michael finalmente falou. "Tudo bem. Vamos fazer isso." Ele engoliu em seco, endurecendo-se. "Eu só quero que isso acabe, mas não vou me virar, nunca vou testemunhar contra minha equipe."

O advogado de Michael deu um olhar simpático, já redigindo a papelada. "Eu sei que isso não é fácil, Michael. Mas é o melhor caminho a seguir."

Quando a caneta do advogado de Michael arranhou os documentos, ele sentiu uma profunda sensação de perda. Doze anos de sua vida estavam prestes a desaparecer. Era um preço alto a pagar, mas que ele estava disposto a aceitar para evitar uma sentença ainda mais dura. Respirando fundo, ele se resignou ao acordo, esperando contra a esperança de que um dia ele emergisse dessa provação como um homem livre mais uma vez.

Julian e Jackie não conseguiram conter sua empolgação

enquanto corriam para fora do tribunal, com os punhos erguidos. O procurador dos EUA tinha acabado de anunciar que havia conseguido uma condenação contra Michael, o notório líder do Sindicato de Miami.

"Conseguimos, Jackie! Derrubamos aquela bola de lodo para sempre!" Julian exclamou, puxando Jackie para um abraço comemorativo. Julian olhou nos olhos de Jackie e sussurrou: "Nós pegamos nosso homem. Mas para mim, minha próxima batalha é conquistar seu coração. Não esqueci nosso momento em Cancún."

Quando a procuradora dos EUA Harper saiu do tribunal, seu rosto ficou marcado de preocupação ao se aproximar de Julian e Jackie. O peso de sua descoberta parecia pesar sobre seus ombros.

"Receio ter algumas notícias preocupantes", começou Harper, sua voz baixa e tensa. "Os co-réus de Michael têm testemunhado, e o que estamos descobrindo é ... bem, é profundamente perturbador."

Julian e Jackie trocaram olhares preocupados enquanto Harper continuava, suas palavras pintando um quadro de uma vasta rede criminosa muito mais extensa do que eles imaginavam.

"O PMC - a 'Equipe de Manipulação de Produtos' - não é apenas uma operação pequena. O que descobrimos até agora é apenas a ponta do iceberg", explicou Harper, com a testa franzida. "Michael pode ter sido o rosto público que todos nós reconhecemos, mas há outra pessoa ... alguém nas sombras puxando todas as cordas."

A mão de Jackie tremeu quando ela agarrou o braço de Julian. "O que você está dizendo, exatamente?" ela perguntou, sua voz pouco acima de um sussurro.

Harper olhou em volta nervosamente antes de se inclinar para mais perto. "Acreditamos que há um cérebro por trás de tudo. Alguém que conseguiu ficar completamente fora do nosso radar até agora. E a pior parte? O PMC ainda está por aí, ainda ativo, ainda exercendo influência significativa.

O rosto de Julian empalideceu. "Mas eu pensei que com a prisão de Michael..."

"Todos nós fizemos", interrompeu Harper, balançando a cabeça. "Mas isso é mais profundo do que jamais imaginamos. " O PMC - a 'Equipe de Manipulação de Produtos' - não é apenas uma operação pequena. O que descobrimos até agora é apenas a ponta do iceberg", explicou Harper, com a testa franzida. "Michael pode ter sido o rosto que todos nós reconhecemos, mas há outra pessoa... alguém nas sombras puxando todas as cordas." O co-réu de Michaels e o interrogatório de que eles falam. Alguém com quem Michael falaria em um telefone celular clone para tomar uma decisão final: Ele sempre faria aquele telefonema. Michael nunca usou seu nome, sempre um pseudônimo. Chamando-o de irmão, muitas vezes ele se referia a ele como um playboy por causa de seu estilo de vida vivo, dinheiro, mulheres e poder.

À medida que a gravidade da situação se aprofundava, um pavor frio tomou conta do grupo. A batalha que eles pensavam ter vencido estava longe de terminar, e o inimigo que enfrentavam era mais poderoso e evasivo do que eles jamais haviam previsto.

O telefone de Harper tocou, quebrando o silêncio. "Eu tenho que ir", disse ela, seus olhos refletindo uma mistura de determinação e medo. "Mas, por favor, tenha cuidado. Não sabemos até onde essa rede se estende ou quem pode estar envolvido."

Enquanto Harper se afastava, Julian e Jackie ficaram congelados, a atmosfera preocupada ao redor deles engrossando a cada momento que passava. A vitória que eles haviam comemorado agora parecia vazia, ofuscada pela ameaça iminente de um adversário invisível ainda à solta.

Enquanto isso, Gabriel Cortez e Raphael Santos sentaram-se juntos, saboreando charutos cubano e comemorando com uma garrafa de bourbon. Eles levantaram suas taças em um brinde ao papel de liderança de Raphael no Sindicato de Miami e seu futuro compartilhado.